KB038079

Seyfried

Sad

10.5

외전
모음집
「Another
Story」

◆

발렌 판타지 장편소설

FANTASY STORY & ADVENTURE

마법군주

In Kallista

Lord of Magic in Kallista

★
dream
books
드림북스

마법군주 10.5

외전 모음집(Another Story)

초판 1쇄 인쇄 / 2012년 8월 8일
초판 1쇄 발행 / 2012년 8월 17일

지은이 / 발렌

발행인 / 오영배
편집팀장 / 권용범
책임편집 / 편집부
펴낸 곳 / (주)삼양출판사 · 드림북스

주소 / 서울특별시 강북구 송천동 322-10호
대표 전화 / 02-980-2112 팩스 / 02-983-0660
편집부 전화 / 02-980-2116 팩스 / 02-983-8201
블로그 / blog.naver.com/dreambookss

등록번호 / 제9-00046호
등록일자 / 1999년 3월 11일

ⓒ 발렌, 2012

값 10,000원

ISBN 978-89-542-4857-0 (04810) / 978-89-542-3334-7 (세트)

* 지은이와 협의하에 인지는 생략합니다.
* 잘못된 책은 구입한 곳에서 바꾸어 드립니다.

10.5
외전
모음집
『Another
Story』
발렌 판타지 장편소설
FANTASY STORY & ADVENTURE
마법군주
Lord of Magic in Kallista
dream
books
드림북스

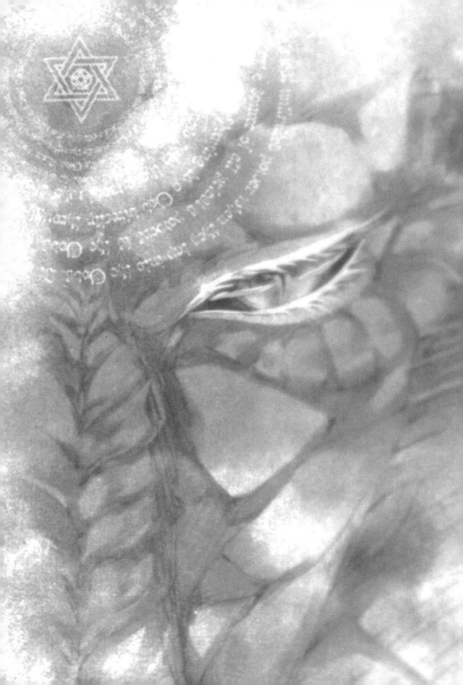

외전 모음집

『 Another Story 』

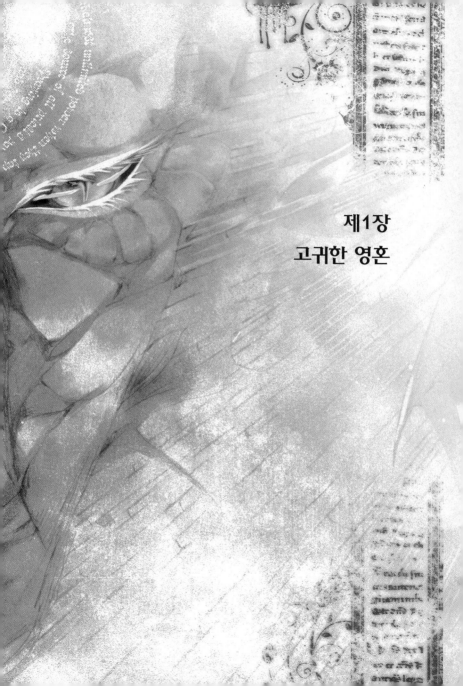

제1장
고귀한 영혼

Another Story

1.

내가 연락을 받고 도착했을 땐 이미 사고가 진행 중이었다. 겁에 질린 여인의 울음소리가 복도를 지나 아래층에 있는 내 귀에까지 들려왔다.

휴, 올해도 기억하고 계셨군.

오늘 낮에만 하더라도 전혀 기색이 없어 이제는 완전히 잊으신 줄 알았는데 아닌 모양이었다. 잠들 때까지 들볶일 걸 생각하자 나는 선뜻 올라가기가 두려워졌다.

"얼른 가 봐! 이러다 우리 소피아 죽겠어!"

발을 동동 구르며 내 등을 떠미는 여인은 유곽의 주인인 마리아였다. 그녀가 덩치와 어울리지 않게 겁에 질린 얼굴로 내게 사정사정했다.

그런데 소피아라고?

주인이 이곳에 올 때면 항상 찾는 여인이 있는데, 내가 아는 한 그 이름이 소피아는 아니었다. 어떻게 된 거냐며 내가 미간을 모으자 그녀가 설명했다.

"이틀 전에 들어왔어. 얼굴도 예쁘고 나이도 어린 데다가 애교가 많아서 손님들이 얼마나 좋아하는지 몰라."

그녀가 손가락을 세 개 펼쳤다.

"내가 무려 3골드나 주고 사 왔다니까? 근래 들어 가장 큰 지출이었지. 그러니까 얼른 올라가서 좀 말려 봐! 이러다 나 손해 왕창 보겠어!"

잠시지만 그녀를 좋은 여자라고 착각할 뻔했다. 하도 급하게 찾길래 종업원의 안전 때문인 줄 알았는데, 여타의 포주처럼 그녀도 본인의 이익이 먼저였다.

젠장.

별로 새삼스러운 일도 아닌데 화가 나려 한다. 아무 죄도 없는 여인에게 손찌검을 하고 있는 주인이나, 사람의 목숨보다 본인의 이득을 우선시하는 여자나, 어쩌면 다들 하나같이 이렇게 이기적인 걸까.

이런 상황을 맞이할 때마다 내 속에선 매번 뜨거운 무언가가 들끓어 오른다. 마치 폭발할 것처럼.

"……."

하지만 오늘도 난 말없이 계단을 오를 뿐이다. 비천한 하인의 신분으로는 할 수 있는 게 아무것도 없다는 걸 이제는 너무도 잘 아는 탓이었다.

똑똑.

"영주님."

내가 위층에 도달했을 땐 여인의 울음소리가 더 이상 들려오지 않고 있었다. 고함 섞인 주인의 목소리 또한 마찬가지였다. 경험상 오히려 이런 정적이 더 위험하다.

"들어가겠습니다."

난 망설이지 않고 문고리를 잡은 손에 힘을 주었다.

"사, 살려 주세요······."

역시나 예감은 틀리지 않았다. 촛불이 켜진 방 안의 상태는 엉망이었다.

쓰러진 탁자와 의자, 깨진 병과 술잔들. 붉은색 커튼과 이불은 보기 흉하게 찢겨 있고, 바닥에는 선혈이 낭자했다. 피 냄새 때문인지 속이 메스꺼웠다.

탁.

나는 조용히 뒤로 문을 닫았다.

"제, 제발······."

소피아라고 했던가. 그녀가 눈물이 그렁그렁한 얼굴로 나를 보며 애원했다.

한 열여섯쯤 되었을까?

부은 얼굴 탓에 얼마나 예쁘게 생겼는지는 모르겠지만 목소리는 상당히 앳되었다. 그녀는 반라의 몸으로 벽에 바짝 기댄 채 벌벌 떨고 있었는데, 그런 그녀의 전신은 온통 피투성이였다.

하아.

난 한숨이 나오려는 것을 간신히 참았다. 생각했던 것보다 주인의 발작이 심하다. 보통 이 정도 했으면 기력이 다해 쓰러져 잠들어야 하건만, 오늘은 저 지경을 만들고도 만족을 못 했는지 손에서 칼을 내려놓지 못하고 있다. 다시금 주인의 팔이 위로 솟구쳤다.

"영주님."

또다시 몹쓸 짓을 하기 전에 난 재빨리 다가가 주인을 붙들었다.

"뭐야?"

술에 취한 검은색 눈동자가 나에게로 쏘아졌다. 뜻대로 움직이지 못해서인지 눈빛이 곱지 않다. 내겐 익숙한 눈빛이기도 했다.

"너무 늦었습니다. 이제 돌아가실 시간입니다."

"오호— 누군가 했더니 너구나, 한스!"

반가움도 잠시였다.

"이 새끼, 너 누가 이제 오래!"

칼을 쥐지 않은 다른 한쪽 손이 내 뺨을 갈겼다.

그래, 이게 순서지.

난 충분히 피할 수 있었지만 일부러 몸에서 힘을 빼고 넘어지는 척했다. 그래야 그가 더 좋아한다는 것을 알기 때문이다.

"얼른 못 일어나?"

난 후다닥 몸을 일으켰다.

"왜 이제 왔냐고 묻잖아!"

이번엔 발이었다. 주인의 맨발이 나의 정강이를 걷어찼다.

"크윽."

내가 신음하며 다리를 들자 가소롭다는 듯 그가 복부를 노렸다. 나는 또 한 번 바닥으로 쓰러졌다.

"약해 빠진 놈! 그래 가지고 어디 계집질이나 제대로 할 수 있겠냐? 에잇!"

흥미가 떨어졌는지 주인이 칼을 집어던졌다. 그 행동에 소피아가 흠칫 놀라며 몸을 말았다.

침대로 향하는 주인 몰래 난 그녀에게 눈짓했다. 어서 여기서 빠져나가라고. 잠시 주저하는가 싶더니 그녀가 잽싸게 달려 나갔다.

"어린년들은 겁이 많아서 재미가 없어."

닫히는 문소리에 주인이 투덜거리며 한 손을 들었다.

"물."

난 들어오면서 문 옆에 놓아두었던 쟁반으로 가 서둘러 물을 따라 왔다. 목이 꽤 탔는지 한 컵 가득 따른 물을 그가 쉬지도 않고 벌컥벌컥 들이켰다.

"몇 시야?"

다 마신 컵을 내려놓는 주인의 표정이 썩 좋지 않았다. 아마도 실내에 진동하는 피비린내 탓이리라. 주인은 유독 냄새에 민감한 편이었다.

"새벽 1시가 조금 넘었습니다."

"훗, 그래?"

그의 입가에 처음으로 미소가 번졌다.

"그럼 지났군."

네, 지났습니다.

그러니 너무 자책하지 마십시오.

난 겉으로 차마 뱉을 수 없는 말을 속으로 중얼거렸다. 불쌍한 인생을 사는 건 분명 나일 텐데, 이런 주인의 모습을 볼 때면 나도 모르게 마음이 무거워진다.

세상에 무서운 것 없이 사고만 치는 주인이지만, 그래서 항상 나를 피곤하게 만드는 주인이지만 안쓰러움이 드는 것은 어쩔 수가 없다.

오늘, 아니 자정이 지났으니 이제는 어제가 되었다. 어제는 돌아가신 마님, 그러니까 주인의 어머니인 칼리스타 백작 부인의 기일이다.

약한 몸으로 인해 살아생전 대부분의 시간을 침상에서 보내셨던 분. 너그럽고 인자한 성품의 마님께선 죽는 순간까지도 아들에 대한 걱정을 떨쳐 내지 못하셨다.

반면 여인들과 희희낙락 노느라 바빠 어머니의 임종조차 지키지 못한 못난 아들이 바로 주인이었다.

내게서 처음 마님의 부고 소식을 전해 들었을 때 주인은 놀란 기색조차 보이지 않았다. 장례가 행해지는 기간에도 눈물은커녕 슬픈 내색 하나 없었다.

다만 아주 가끔씩 딴생각에 빠진 사람처럼 멍하니 어딘가를 바라보고는 했었는데. 내 짐작이지만 아마도 그때만큼은 돌아가신 마님을 떠올리지 않으셨을까?

고아인 나는 혈육의 정이라는 게 무엇인지 알지 못한다.

그저 당시 주인의 얼굴을 채우고 있던 공허함. 그것이 생각날 뿐이었다.

2.

"이제 와?"

어두운 복도 끝에서 누군가의 음성이 들려왔다. 시간은 이미 새벽 3시. 지금은 성의 하인들조차 깊은 잠에 빠져 있을 시각이었다.

만취한 상태로 내게 기대어 걷고 있던 주인이 눈을 끔벅거리며 앞을 노려보았다.

"누구야!"

소리의 주인공이 말없이 달빛 아래로 걸어 나왔다.

허리를 덮는 긴 갈색 머리칼에 짙푸른 눈동자를 소유한 여인. 아름답고 청초하지만 어쩐지 우울함이 풍기는 그녀는 내가 가장 존경하는 사람이자 한편으론 안타깝게 여기는 주인의 하나뿐인 여동생, 레지나 아가씨였다.

아직 잠옷이 아닌 드레스 차림인 것으로 보아 일부러 자지 않고 기다리신 듯했다.

난 주인을 부축하고 있던 손에 좀 더 힘을 가했다. 잠시나마 그가 멀쩡해 보이길 바라며.

"뭐야? 너 여태 안 자고 있었던 거야?"

동생을 알아본 주인이 인상을 찌푸리며 목소리를 높였다. 아가씨를 대하는 주인의 표정은 늘 한결같다. 무관심하게 굳어 있거나 지금처럼 화난 듯 찡그리거나.

꼭 물리적인 폭력만이 상대에게 상처를 주는 건 아니라는 걸 난 주인과 레지나 아가씨를 통해 배웠다.

아가씨께서 정에 굶주려 계심을 주인은 정녕 모르는 것일까?

여섯 살 때부터 성에서 살아온 내가 기억하기로 그녀는 누구보다 밝고 명랑한 매우 똑똑한 소녀였다. 전대 영주님께서 갑작스레 돌아가시고 그 충격으로 마님이 쓰러지셨을 때, 영지를 살피고 다스린 건 주인이 아니라 레지나 아가씨였다.

어린 나이가 믿기지 않을 정도로 성숙했던 그녀는 오라비를 돕겠다는 명목으로 많은 것들을 해 왔다.

망나니 영주라 손가락질받으면서도 이제껏 영지를 보전하고 있는 것도(재산은 거의 탕진했지만) 어찌 보면 다 그녀 덕분일 것이다.

그러나 유일한 가족이자 보호자인 주인에게서 유대감을 느끼지 못한 아가씨께선 점점 지쳐 가셨다. 여전히 책임감을 갖고 안살림을 맡고는 계시지만, 부쩍 줄어 버린 말수하며 어두운 표정이 그녀의 심정을 대변했다.

"달이 좋아서."

"뭐?"

이상한 대답이라고 여겼는지 주인이 되물었다.

"보름달이잖아. 엄마가 좋아하던."

그제야 주인의 고개가 창가로 돌아갔다. 환한 달빛 아래 드러난 주인의 이마에는 여전히 주름이 져 있었다.

"같이 들었으면서 잊었구나? 달구경을 하려고 무도회장을 빠져나가셨다가 아버지와 만나셨잖아. 달빛 아래서 서로를 발견한 순간 첫눈에 사랑에 빠지셨다고. 돌아가시기 전까지도 오늘처럼 둥근달이 뜨는 밤이면 침상에 누우신 채 하염없이 창밖을 바라보셨어. 두 분, 지금은 함께 계시 겠지?"

그럼요. 다정히 손을 맞잡고 아가씨를 응원하고 계실 겁니다. 그러니 힘내세요.

답이 없는 주인을 대신해서 내가 속삭였다. 그런데 무슨 심보인지 갑자기 주인이 가시눈을 뜨더니 이죽거렸다.

"레지나, 너도 참 할 일 없다. 이 시간에 잠도 안 자고 달이나 보면서 고작 한다는 생각이 그거냐? 두 분이서 함께 계신지 어쩐지 내가 알 게 뭐야? 이미 죽어 버리고 이 세상에는 없는 사람인데."

"오빠! 무슨 말을 그렇게 해! 그분들은 우리를 낳아 주신 부모님이야!"

"그래서? 의지할 친척 하나 없이 달랑 우리 둘만 남기고 떠난 분들에게 잘 지내고 있다고 보고라도 할까? 아니지, 그건 네가 하고 있을 테니 난 딴 걸 해야겠군."

턱을 쥐고 짐짓 고심하는 척하던 주인이 돌연 고개를 갸웃거렸다.

"근데 두 분이 함께가 아니면 어쩌지?"

"……?"

"먼저 가신 아버지가 딴살림을 차리셨을 수도 있잖아. 화가 나신 어머니도 다른 남자를 만났을 수도 있고."

"그걸 지금…… 농담이라고 하는 거야?"

안 그래도 창백하던 아가씨의 얼굴이 완전히 새하얗게 질렸다. 그걸 아는지 모르는지 주인이 한술 더 떴다.

"넌 여자라서 잘 모르겠지만, 자고로 사내란 여인 없이는 하루도 못 버티는 법이거든. 아, 물론 여기 한스는 빼고 말이지."

주인이 킥킥거리며 나를 돌아봤다. 그때 난 아가씨를 쳐다보고 있었는데, 그녀의 눈동자가 실망감으로 물들더니 이내 차갑게 식었다.

망할 자식!

아무리 철이 없다지만 이건 해도 너무한다. 오늘이 어떤 날인가? 열두 시가 지났다고는 하나 아직 아가씨에겐 하루가 끝나지 않았다.

오랜만에 오가는 남매간의 대화를 이런 막말로 마무리 짓다니. 하아, 과연 주인다웠다.

"뭐 해, 안 가고?"

죄책감이라곤 전혀 찾아볼 수 없는 얼굴로 주인이 내게 명령했다. 그 순간 왠지 아가씨를 홀로 두는 것이 죄스러웠지만, 난 기계처럼 꾸벅 절한 후 다시 주인을 부축해 걷기 시작했다.

복도를 벗어나면서 힐긋 돌아보니 아가씨께선 마지막으로 보았던 그 자세 그대로 망연히 서 계셨다. 그녀의 슬픔이 고스란히 내게로 전해지는 기분이었다.

3.

아직 늦가을이긴 하나 밤에는 제법 날씨가 쌀쌀하다. 아가씨께서 따로 명하셨는지, 다행히 어제와 달리 주인의 침실에는 벽난로가 켜져 있었다. 덕분에 방 안의 공기가 훈훈했다.

"속도 없는 년."

주인이 낮게 욕설을 뱉으며 침대로 엎어졌다. 난 못 들은 척 몸을 숙이고 주인의 겉옷을 벗겨 냈다.

"동생이라고 하나 있는 게 어째서 저 모양인지. 귀찮아 죽겠는데 그냥 확 시집이나 보내 버려?"

옷장 문을 열던 난 멈칫했다. 평소 아가씨를 탐탁지 않게 여기시기는 했지만 혼인에 대한 말을 꺼낸 것은 오늘이 처음이었다.

좋은 혼처 자리라도 들어온 것일까?

……아니, 그럴 리 없다.

주인의 재정 상태가 좋지 않다는 건 세상이 다 안다. 지참금을 한 푼도 낼 수 없는 아가씨에게 청혼을 할 귀족 남성은 어디에도 없었다. 그저 홧김에 뱉는 말일 것이다. 그래야만 했다.

"하암."

찬 기운이 가시자 졸음이 쏟아지는 듯 주인이 하품을 하

더니 스르르 눈을 감았다. 난 침대에서 물러나 조심히 벽에
기대섰다.

타닥. 타닥.

드디어 찾아온 혼자만의 시간이다. 이따금 장작 타는 소
리만이 방 안을 울리며 눅진한 고요가 내려앉았다.

"후우."

난 버릇처럼 한숨을 푹 내쉬었다. 비록 내일이면 다시 반
복될 일상이지만 주어진 업무를 마치고 나자 해방감이 들
었다.

어제 읽다 만 책의 마지막 페이지가 머릿속에서 어른거린
다. 방금 전까지 전혀 생각조차 하지 않던 것이 자유가 찾
아온 순간 제일 먼저 떠올랐다.

하지만 난 마음과 달리 바로 움직이지 못했다. 주인이 선
잠에 들었을 경우를 대비해야 하기 때문이다. 귀족을 바로
옆에서 보필한다는 건 이래서 어렵다.

왜 나였을까?

난 가끔 그런 의문이 들 때가 있다. 날 주인의 전담 하인
으로 들인 것은 돌아가신 전대 영주님의 뜻이었다.

내 나이 열한 살이 되던 해, 날 부르시더니 뜬금없이 물
으셨다.

"그래, 힘든 것은 없느냐?"

"영주님의 은덕으로 소인 별 탈 없이 잘 지내고 있습니다."

"하하, 나의 은덕이라? 그런 표현은 어디서 배운 것이냐?"

"어린 시절 길바닥에 버려졌던 저를 영주님께서 데려왔다 들었습니다. 덕분에 이렇게 배도 곯지 않고 편히 지내게 되었으니 은덕이 아니고 무엇이겠습니까? 평생 감사하며 살겠습니다."

"허허, 배우지 않아도 천성이라는 건 변하지 않는 모양이구나."

"……천성이 무엇입니까?"

의아해하는 나에게 어딘지 씁쓸한 미소만 지으실 뿐 영주님께선 한동안 말씀이 없으셨다. 그러다가 내게 제안하셨다.

"너를 내 아들의 전담 하인으로 들일까 하는데, 네 생각은 어떠하냐?"

"저를…… 말입니까?"

"그래, 하던 일에서 모두 손을 떼고 앞으로는 내 아들과 관련된 일만 맡으면 된다. 잔심부름 따위를 해야 할 테니 귀찮긴 하겠다만, 이전보다 몸은 훨씬

편할 것이다."

"······."

"왜 답이 없느냐? 혹 싫은 것이냐?"

"아, 아닙니다! 그럴 리가 있겠습니까. 소인, 성심
을 다해 도련님을 보필하겠습니다."

내 나이 어렸지만 영주님이 명하시면 뭐든 해야 한다는
것을 모를 만큼 어리지는 않았다. 어째서 그 하고많은 하인
들 중에서 내가 뽑혔는지는 알 수 없지만, 그날 이후로 난
주인의 전담 하인이 되었다.

그리고 이듬해 여름, 전대 영주님께서 불의의 사고로 돌
아가실 때까지 난 하인치고 꽤 편안한 생활을 영위했다. 전
보다 잠도 배 이상 잘 수 있었고, 때때로 성 밖으로 나가
또래들과 어울릴 수 있는 시간 또한 주어졌다.

물론 그 편안함은 그때가 처음이자 마지막이었다.

전대 영주님이 돌아가신 충격으로 마님까지 쓰러지자 영
지는 관리들의 놀이터나 마찬가지였다. 진심으로 주인의 곁
을 지키던 자들도 있긴 하였지만, 다들 일찍 죽거나 관리들
의 등쌀을 이기지 못하고 영지를 떠나 버렸다.

음흉한 무리들의 손에 거의 조련되다시피 키워진 주인은
하루가 멀다 하고 사고를 치기 일쑤였고, 난 그 뒷수습을
위해 뛰어다니기 바빴다.

시내의 유곽이란 유곽은 다 찾아다니며 주인의 외상값을 결제하고, 틈틈이 주인이 위해를 가한 여인에게는 보상 처리도 해야 했다. 당연히 기물을 파손했을 시에는 그에 따른 변상도 내가 할 일이었다.

여색에 빠진 주인을 대신해서 영주인 척 행세하며 일을 보는 것은 기본 중에서도 가장 기본이었다.

이런 제가 잘하고 있는 것입니까?

난 잠든 주인을 멍하니 내려다보며 돌아가신 영주님께 물었다.

당시의 난 사리 분간 할 줄 모르는 어린아이였지만, 그래도 작게나마 주인의 곁에서 이로운 일을 할 수 있었으면 좋겠다고 생각했었다.

그런데 지나온 현실은 어떠한가?

난 착잡한 심정으로 고개를 돌려 거울을 바라봤다.

푸석한 피부, 처진 눈, 꾹 다문 입술. 붉은 기가 도는 짧은 갈색머리엔 윤기라곤 찾아볼 수 없고, 두 뺨은 제대로 먹지 못해 홀쭉하다.

그나마 봐 줄 만한 건 연초록빛의 눈동자인데, 그것조차 생기를 잃고 바랜 지 오래였다.

누가 봐도 초라하고 꾀죄죄한 모습.

어째서 난 귀족이 아닌 걸까?

내 두 눈은 다시 주인으로 향했다.

계란형의 얼굴에 오뚝한 콧날과 도톰한 입술. 피부는 눈처럼 하얗고 고우며, 베개에 흐트러진 검은 머리칼에선 광택이 흐른다.

어린 시절부터 수없이 봐 온 모습이건만 볼 때마다 감탄을 하게 되는 건 변함이 없다.

난 왜 주인처럼 태어나지 못했을까.

가진 재산이 아무것도 없는 몰락한 귀족이어도 좋다. 세상에서 가장 못생긴 추남이어도 상관없었다.

그저 귀족이었으면…….

다른 건 아무래도 좋으니 다시 태어날 수만 있다면 제발 귀족이었으면 좋겠다. 그래서 비천하면 아무것도 하지 못하는 이 불공정한 세상을 내 손으로 조금이나마 바꿔 놓고 싶다.

하고 싶은 게 있어도 귀족이 아니면 할 수 없는 작금의 세상이 난 정말 몸서리치게 싫다. 태어나면서부터 너무 많은 것들이 정해지는 이런 세상은 하루속히 바뀌어야만 한다. 나 같은 사람이 또 생기기 전에.

하지만 어떻게?

다시 태어난다고 해서 내가 지금의 나를 기억할 수 있을까?

다음 생이라는 건 정녕 있는 것일까?

언제나 나의 생각은 이런 의문으로 끝이 난다. 그리고 이어지는 건 좌절감.

찰칵.

가슴속에서 올라오는 불길을 오늘도 애써 잠재우며 난 조용히 침실을 빠져나왔다. 어두컴컴한 복도 위로 나의 발걸음 소리만이 외롭게 울려 퍼졌다.

4.

"잠은 좀 잤냐?"

건더기라고는 하나도 없는 멀건 수프를 내가 허겁지겁 먹고 있을 때 탁자 위로 그림자가 드리웠다. 씩 웃으며 고개를 들자 클로드가 혀를 끌끌 내차며 딱한 눈빛으로 날 쳐다봤다.

"또 밤을 완전히 새우셨구먼."

"티 나?"

"눈 밑에 다크서클이 아주 진을 치셨다."

"어제가 무슨 날인지 알잖아."

"날은 무슨! 영주가 밤새 술 푸고 새벽에 들어오는 게 어디 하루 이틀이냐? 감싸려면 제대로 감싸."

"감싸긴 누가 감쌌다고 그러냐? 단지 어제가 조금 특별한 날이었다는 거지. 잔소리 그만하고 얼른 앉기나 해. 수

프 다 식겠다."

내가 의자를 밀어 주자 녀석이 입술을 삐죽이며 못 이기는 척 자리에 앉았다.

"옛다!"

내가 다시 수프를 한 숟갈 뜨려는데 녀석이 회색 천으로 싼 물건을 불쑥 내밀었다.

"이게 뭐야?"

"몸보신."

"먹을 거?"

난 반색하며 서둘러 천을 벗겨 냈다.

"헉!"

기껏해야 빵 쪼가리 아니면 감자이겠거니 했던 나의 입에서 거친 신음이 튀어나왔다. 놀랍게도 천에 싸여 있던 건 언제 먹었는지 기억조차 나지 않는 고기였다.

그것도 내 주먹을 두 개 합친 것보다 더 커다란 살코기!

저절로 목구멍에서 침이 꼴깍하고 넘어갔다.

"이 몸이 슬쩍했다. 맛나 보이지?"

"응! 장난 아니게…… 뭐, 뭐라고?"

잠시나마 고기에 눈이 뒤집혔던 나의 정신이 똑바로 돌아왔다. 슬쩍했다니? 난 황급히 녀석에게 물었다.

"그리피스 아줌마가 준 게 아니란 말이야?"

그리피스 아줌마는 성의 주방을 책임지시는 분이었다.

어려서부터 봐 온 덕분인지 유독 클로드를 예뻐하는 그녀는 하인들 몰래 종종 음식을 챙겨 주고는 했다.

"아무리 아줌마라도 이런 걸 나한테 어떻게 주냐? 자식들 가져다주겠지."

"걸리면 어쩌려고 그런 짓을 해! 너 미쳤어?"

녀석이 담이 크다는 건 알고 있었지만 이 정도인지는 몰랐다. 난 누가 볼까 무서워 아무도 없는 식당 안을 이리저리 살폈다.

"그렇게 쫄 거 없어. 내가 훔치는 건 아무도 못 봤으니까. 주방에 따로 심부름을 간 것도 아니라서 추적당할 일도 없다고. 당연히 그리피스 아줌마도 모르는 일이니깐 입 꾹 다물어야 한다."

"너 바보야? 이렇게 큰 살덩이가 없어졌는데 어떻게 모르시겠냐? 아무리 둔한 사람이라도 다 알겠다! 이러지 말고 얼른 다시 갖다 놔!"

지금이 식사 시간대가 아닌 것이 천만다행이었다(물론 그러니까 녀석도 당당히 꺼낸 것이겠지만). 난 서둘러 고기를 천으로 둘둘 감쌌다.

"암튼 겁은 많아 가지고. 양동이에 이거랑 똑같이 생긴 것들 수북이 쌓여 있는 거 보고 가져온 거거든? 내가 그렇게 아무 생각 없이 사고 칠 위인이냐?"

"그건 나도 알지만 이건 너무 위험하잖아! 걸리면 어떻게 되는지 몰라서 그래?"

"아, 글쎄 아무한테도 안 걸렸다니까? 아우, 답답해 미치겠네."

"그건 내가 할 소리야, 클로드. 너 정말 내 말의 뜻을 모르는 거냐?"

"넌 매사 뭐가 그렇게 복잡하냐? 그냥 아무 생각 없이 먹을 순 없어? 간만에 목에 기름칠 좀 해 보겠다는데 왜 이렇게 까다롭게 구는데? 난 혼자서라도 먹을 테니깐 넌 먹든지 말든지 맘대로 해!"

"너 정말……!"

내가 녀석에게 한마디 더 하려는데 입구 쪽에서 누군가 다가오는 소리가 들렸다. 난 기겁하며 재빨리 고기를 탁자 밑으로 숨겼다.

"여어, 매들린!"

소리의 주인은 매들린이었다. 넉살 좋은 클로드가 먼저 손을 흔들며 반갑게 인사했다.

"점심 식사가 늦네? 바빴어?"

하인으로 일하면서 꽤 오랜 시간을 봐 온 사이임에도 매들린은 수줍게 얼굴을 숙이며 우리를 지나쳤다.

"이리 와서 같이 먹자!"

클로드가 청했지만, 그녀는 역시나 웃음으로 사양하며 구석진 자리에 앉아 홀로 식사를 시작했다. 새삼스러운 일도 아니기에 어깨를 으쓱일 뿐 클로드도 두 번 청하지 않았다.

"얼른 꺼내, 먹게."

녀석의 말에 난 슬쩍 매들린의 눈치를 살폈다. 제법 사이가 떨어져 있다고는 하나 관심을 갖는다면 충분히 알 수 있는 거리였다.

"입 무거운 애야. 알면서 뭘 신경 쓰냐?"

하긴.

클로드의 핀잔에 난 바로 고개를 끄덕였다. 특별히 친하지는 않지만 매들린이라면 안심할 수 있다. 그녀는 보통의 여인과는 조금 다르다. 그리고 난 그 이유를 대충은 짐작하고 있었다.

"클로드, 너 다시는 이런 짓 하지 마. 이번이 마지막이야. 알겠지?"

난 고기를 다시 탁자 위로 꺼내며 녀석에게 마지막으로 일렀다. 나보다 똑똑한 녀석이니 제 앞가림은 알아서 하겠지만, 언제나 만일이라는 것이 존재한다.

녀석은 나의 몇 안 되는 친구 중 가장 가깝게 지내는 녀석이었다. 이런 말도 안 되는 일 때문에 소중한 친구를 잃기 싫었다.

"미안하지만 그 약속은 지킬 수 없을 것 같다."

"내가 이렇게까지 말하는데 너 잘도……!"

"같은 기회가 생기면 난 또 할 거야. 들키지 않을 자신 있다고."

"그러다 집사님한테 걸리면 그날로 매타작인 거 몰라? 지난달에 리저 형 된통 맞은 거 너도 알잖아. 그 형 아직도 다리를 절룩거린다고!"

고작 늦잠을 잤다는 이유에서였다. 고기를 훔친 것에 비하자면 아무것도 아닌 일이다.

"절대 다음은 없는 거야. 이걸로 끝내!"

매들린에게 들리지 않게 난 최대한 낮은 목소리로 클로드에게 경고했다.

하지만 녀석은 눈 하나 깜짝 않고 보란 듯이 고기를 잘라 입으로 가져갔다. 오물오물 씹는 것을 보고 있자니 방금 전의 생각이 싹 사라지며 갑자기 식욕이 돌았다. 우리 같은 사람들에게 고기란 치명적인 유혹이었다.

"남 먹는 거 보고만 있을 거냐?"

망설이는 나에게 클로드가 살코기 한 점을 내밀었다. 이미 식어 버려 칙칙한 회색빛을 띠고 있었지만 내 눈에는 충분히 먹음직스러웠다.

그래, 여기서 고민해 봤자 나만 손해야. 어차피 훔친 거 일단 맛이라도 보자.

"짜식, 진작 그럴 것이지."

내가 순순히 고기를 받아먹자 클로드가 피식거렸다. 고

기가 전부 사라질 때까지 우리는 실실 웃어 가며 정말 열심히 먹었다.

입 주변과 손이 금세 기름으로 물들었지만 상관없었다. 오랜만에 맛보는 고기는 환상 그 자체였다. 밤새 뒷간을 들락날락할 게 뻔하지만 기분만큼은 최고였다.

"근데 저 옷은 뭐냐? 오늘 또 나가?"

아쉬움에 마지막 한 점을 차마 입에 넣지 못하고 손에 쥔 채로 클로드가 물었다.

"이거?"

나는 빈 의자에 걸어 두었던 주인의 의상을 한 번 들었다가 내려놓았다.

"오늘 영주님께서 입으실 옷이야. 다림질하려고 들고 왔어."

"염병. 어떻게 하루를 안 쉬냐? 영주 수발하다가 너부터 쓰러지겠다."

"막상 나가서는 별로 하는 것도 없는데, 뭐. 가끔은 마차 안에서 몰래 잠도 자고 그래. 것보다 스캇은 요즘 어떻게 지내? 통 못 본 것 같은데."

"스캇?"

한때는 삼총사라고 불릴 만큼 친했던 녀석이었다. 하지만 몇 해 전 가족을 잃고 혼자가 된 이후로는 좀처럼 보기가 어렵다. 나와 클로드처럼 성에서 일하는 하인이 아니기에 더 그랬다.

"난 그 자식 얼굴이 어떻게 생겼는지도 기억 안 난다. 우리가 시간이 없으면 자기라도 와 봐야 하는 거 아니야? 무정한 놈!"

"농사 때문에 정신이 없어서 그렇겠지. 제일 분주할 때잖아."

"추수철은 이미 다 지났거든?"

"장에 내다 팔고 어쩌고 하면 시간이 없을 수도 있잖아. 그러지 말고 이번 일요일에 함께 가 보자. 시내 구경도 할 겸."

"너 시간 괜찮겠어?"

사실 별로 자신은 없다. 주인의 스케줄에 따라 움직이는 것이 곧 나의 일상이니까.

그나마 희망을 걸 수 있는 건 주로 토요일 밤에 주인이 인사불성이 된다는 점이었다. 그런 날은 대개 다음 날 저녁까지 깨지 않고 잠을 자기 때문에 가끔 자유 시간을 만끽할 수 있었다. 만약을 대비해서 누군가에게 부탁을 하긴 해야겠지만 말이다.

"아마 될 거야. 넌?"

"나야 언제든 콜이지! 그럼 간만에 셋이서 함 뭉쳐 볼까?"

좀 전까지 투덜댈 땐 언제고 녀석이 신이 나서 소리쳤다.

말은 그래도 스캇이 걱정되기는 한 모양이다.

"그래, 그럼 난 그렇게 알고 먼저 간다. 수고해!"

주인이 외출할 때면 의상부터 해서 신발, 외투, 모자 등 신경 써야 할 것들이 무척 많다. 하나라도 실수하지 않으려면 미리 꼼꼼히 체크를 해야 한다.

"예쁜 여자 만나면 어디 술집인지 꼭 기억해 놔!"

녀석의 실없는 소리를 뒤로하고 난 서둘러 위층으로 향했다. 다시 찾아온 고단한 하루의 시작이었다.

5.

"오늘은 들를 데가 있다."

멍하니 노을 지는 창밖을 바라보던 내게 갑자기 주인이 명했다.

"시내로 들어가기 전에 잠시 마차를 세우도록."

영문은 알 수 없지만 나는 일단 마부석과 연결된 창을 열고 명을 전했다.

평소 주인이 자주 찾는 곳들은 모두가 시내 안쪽에 있기 때문에 어딜 가시려는 것인지 내심 궁금했으나 굳이 묻지는 않았다. 어차피 조금 지나면 알게 될 테니까.

"워워!"

드디어 마차가 멈췄다.

"오래 걸리지 않을 테니 대기하고 있어."

마차에서 내리자마자 주인이 앞장서 걸어갔다. 나는 마부에게 자리를 비우지 말 것을 다시 한 번 당부한 후 서둘러 주인을 쫓았다.

"어제 새벽에 비가 내렸나?"

말라 있던 길바닥이 골목으로 들어서자 언제 그랬냐는 듯 진창으로 변했다. 애써 닦아 놓은 주인의 신발이 순식간에 진흙으로 범벅이 되었다.

"아니요, 며칠 전 장대비가 쏟아졌는데 응달이라서 미처 마르지 않은 듯합니다."

"그때가 언제인데 아직도 이 지경이야?"

걷는 것조차 힘들 정도로 땅이 질척거리자 서서히 주인의 인내심이 바닥을 보이기 시작했다. 고약한 냄새 다음으로 주인이 싫어하는 게 신발이 더러워지는 것이었다.

"빌어먹을! 이러고도 별 볼 일 없는 년이면 돌아가서 힘껏 매질을 해 줄 테다!"

그거였습니까?

그제야 돌아가는 상황이 대충 파악이 되었다. 새로운 미녀라면 자다가도 벌떡 일어나는 것이 주인이다. 분명 어젯밤 유곽에서 누군가 주인에게 제보를 한 것이리라. 이곳에 가면 굉장한 미녀를 만날 수 있을 거라고.

이렇게 또 한 명의 여인이 인생을 망치게 되는 것인가. 본능적인 거부감에 걸음이 느려졌다. 그것이 거슬렸는지 주인이 서슬 퍼런 눈동자로 휙 돌아봤다.

"꾸물거릴래?"

표정으로 보아 이대로 진흙탕이 계속된다면 그 탓은 고스란히 내 몫이 될 터였다. 주인의 화풀이 대상이 되는 게 어제 오늘 일도 아니지만 당해 봐야 좋을 건 없다. 난 잡념을 버리고 바삐 걸음을 옮겼다.

다행히 주인의 심사가 뒤집히기 직전, 골목 끝에 숨어 있던 낡은 천막 하나가 모습을 드러냈다.

"이곳인가 보군."

반색한 주인은 한 치의 망설임도 없이 천막 안으로 성큼성큼 걸어 들어갔다. 아무리 허름하다 하여도 누군가에게는 집이자 보금자리일 텐데, 주인에게선 일말의 배려심도 찾아볼 수 없었다(그런 걸 바라는 내가 바보이긴 했다).

"아무도 없느냐?"

안은 생각보다 꽤 넓었다. 특별한 가구는 없었지만, 대신 커다란 양탄자가 중앙에 깔려 있고, 그 양쪽으로 이름을 알 수 없는 화분 몇 개가 놓여 있었다.

각각 색은 다르지만 전부 같은 종류의 꽃이었는데, 머리가 멍해질 만큼 강한 향을 뿜어내고 있었다.

"계십니까?"

난 주인을 대신해 힘껏 소리쳤다. 물론 속으로는 아무도 나오지 않기를 바라는 중이었다.

그렇게 얼마나 지났을까.

응?

별 뜻 없이 고개를 든 나의 시야에 특이한 것이 들어왔다. 밋밋한 벽과 달리 천장 전체가 온통 그림투성이였던 것이다. 몇 군데가 색이 바래 희미하지만 분명 별자리를 나타내는 그림들이었다.

점성술사의 집이었던가?

내가 그런 의문을 가지려는 찰나 드디어 누군가 등장했다.

"뉘시오."

가래가 낀 듯한 목소리와 함께 들어선 이는 백발이 성성한 웬 노파였다. 깡마른 몸에 허리는 휠 대로 휘고, 지팡이에 의지해 걷는 모습이 당장 쓰러져도 전혀 이상하지 않을 만큼 위태로워 보였다.

"예를 갖추십시오. 영주님이십니다."

기다리던 여인은 보이지 않고 노파가 나오자 주인의 심기가 말이 아니었다. 난 행여나 노파가 실례라도 할까 싶어 주인의 신분을 드러냈다.

"아이구, 이 누추한 곳까지 영주님께서 어인 일이십니까."

주름이 자글자글한 두 손으로 지팡이를 꽉 움켜쥔 채 노파가 몸을 숙였다.

"이곳에 실력 좋고 어여쁜 점성술사가 있다고 들었다. 영주인 내가 친히 방문하였으니 그 여인을 당장 대령토록 하라."

"점술을 보러 오신 것입니까? 그렇다면 쇤네가 직접 점술을 보겠나이다."

"네깟 늙은이에게는 볼일 없으니 어서 가서 여인이나 데려오거라!"

용케 짜증을 참아 내고 주인이 다시 명했다. 하나 그런 주인의 심기를 눈치채지 못한 듯 노파가 고하였다.

"자고로 점술 실력은 연륜에 비례하는 것입니다. 쇤네가 아직 미거하나 최선을 다해……."

"네년이 감히 지금 나를 가르치려 드느냐?"

"그런 것이 아니옵니다. 쇤네는 단지 점성술에 있어서는 쇤네가 조금 더 낫다는 것을 말씀드리려는 뜻이었습니다."

"어디서 굴러먹은 년인지 몰라도 또박또박 아주 말대답 한번 잘하는구나."

주인의 말투가 결국 삐딱해졌다.

"마지막으로 명한다. 당장 그 여인을 내 앞으로 끌고 오거라!"

내뱉는 잇새로 주인의 분노가 느껴졌다. 난 초조한 심정으로 둘을 번갈아 살폈다.

　노파의 나이 적게 잡아 봤자 일흔. 한 대라도 잘못 맞으면 그대로 황천길로 갈 수 있다.

　주인을 말려야 할까?

　분위기로 보아 괜히 나섰다가는 모든 화를 뒤집어써야 할 상황이었지만, 그렇다고 노파가 당하게 모른 척 놔둘 수는 없었다. 억울한 죽음이야말로 우리 같은 인생에서 가장 서글픈 일이니까.

　"여인은 없습니다."

　그런 나의 걱정을 전혀 알 리 없는 노파는 이전과 다름없는 말씨로 정중하게 답했다. 조금의 떨림도 없는 당당한 어조.

　내가 잘못 본 것이 아니라면 노파는 주인을 전혀 두려워하지 않았다. 깍듯이 예를 차리고는 있지만 그 순간에는 마치 그녀가 윗사람 같았다.

　"여기서 일하는 젊은 여인이 한 명 있긴 하였는데, 어제부로 그만두고 이곳을 떠났습니다."

　"뭐라? 떠나!"

　"예, 영주님. 그러합니다."

　"이런 정신 나간 미친 늙은이를 봤나! 그럼 처음부터 진작 그렇다고 말을 했어야지! 괜히 시간 낭비만 했잖아!"

　"점술을 보러 오셨다기에 쇤네는 그저 호의를 베풀려고

하였을 뿐입니다. 불쾌하셨다면…… 읍!"

결국 우려하던 일이 터졌다.

"뭣이라? 호의?"

주인의 발길질에 노파가 신음하며 바닥에 쓰러졌다. 쥐고 있던 지팡이가 데굴데굴 굴러가 화분 모서리에 부딪쳤다.

"괜찮으세요?"

그 순간 내가 왜 그랬는지 모르겠다. 난 본능처럼 노파에게로 달려가 그녀를 일으켜 세웠다. 실눈처럼 가는 그녀의 눈동자와 그때 처음으로 마주쳤다.

헙!

찌릿한 충격과 함께 난 묘한 기분에 휩싸였다.

끝도 없이 펼쳐진 광활한 바다.

마치 내가 그 바닷속으로 빨려 들어가는 듯한 느낌이었다.

거짓말 같은 현상에 속으로는 의문을 품으면서도 나는 고개조차 돌리지 못했다. 마치 자석에 이끌리듯 내 모든 것이 그녀에게로 고정되었다.

갑자기 가슴이 답답해졌다.

"둘이 뭣들 하는 거야!"

공교롭게도 날 구한 건 주인이었다. 허벅지에 충격이 가해지면서 겨우 제정신을 차릴 수 있었다. 그 대가로 몸은

흙투성이가 되었지만 상관없었다. 이 섬뜩함을 지울 수만 있다면.

"감히 네놈이 내 일에 끼어들어? 죽고 싶어서 네가 아주 환장했지? 엉?"

"소, 송구합니다! 연로하신 분이 넘어지자 저도 모르게 그만…… 용서하여 주십시오."

"연로? 지금 연로하다 했느냐? 하핫, 천한 너희 같은 연놈들에게 무슨 위아래가 있단 말이냐! 지나가는 개새끼가 웃겠다!"

"소인이 잘못하였습니다. 다시는 이리하지 않겠습니다."

"에잇! 오늘은 시작부터 재수가 옴 붙었군!"

다행히 주인은 다시 노파에게 손을 뻗치지 않았다. 그저 날 한 차례 못마땅한 눈초리로 쳐다본 후 천막을 박차고 밖으로 휙 나가 버렸다.

"영주님!"

난 후다닥 일어나 주인을 쫓아 달려 나갔다. 아니, 그러려고 했다.

"……어르신?"

놀랍게도 나를 붙든 건 노파였다. 어디서 이런 힘이 나오는지 그녀에게 잡힌 팔을 도저히 빼낼 수가 없었다.

"당신 같은 분께서 대체 어쩌다가……."

조금 전까지만 해도 광활한 바다 같던 노파의 눈빛이 이번에는 애잔함을 담고 날 바라보았다. 그녀가 격앙된 목소리로 내게 물었다.

"혹 탄생일이 언제인지 아십니까?"

"10월…… 3일입니다."

그녀의 진지한 물음에 난 나도 모르게 대답했다. 당연히 진짜 생일은 아니었다. 여섯 살 때 버려진 내가 생일을 무슨 수로 기억할 수 있겠는가. 그저 생일조차 모르는 내가 안쓰러워 전대 영주께서 정해 주신 날일 뿐이었다.

"역시……!"

그런데 무슨 까닭인지 내 생일을 듣고 난 노파가 부르르 몸을 떨더니 감탄인지 한탄인지 모를 소리를 내뱉었다. 이상한 생각에 내가 팔을 빼내려고 하자, 그녀가 두 손으로 나의 손을 덥석 쥐었다. 그런 노파의 눈에는 물기가 맺혀 있었다.

"참으로 고귀한 영혼을 안고 태어나셨습니다. 이제껏 쇤네가 살면서 이토록 고귀하신 분은 처음 모십니다. 절대 이런 신분으로 나실 분이 아닌데 어쩌다가…… 흑흑흑!"

그녀가 너무 서럽게 우는 바람에 난 당황하고 말았다. 게다가 하인인 날 보고 고귀하다니, 이게 다 무슨 소리인지 어리둥절하기만 하다.

"저는 그저 미천한 하인일 뿐입니다. 아무래도 어르신께서 사람을 잘못 보신 모양입니다."

"아닙니다, 아니에요! 당신은 천칭 중에서도 으뜸인 태양을 이고 나신 분! 비록 지금은 하인이라 하여도 본래의 운명은 그것이 아니옵니다. 그러니 희망을 버리지 마십시오!"

"희망이요?"

"예, 희망! 당신의 미래는 지금과는 완전히 다를 것입니다. 오오, 보입니다. 장차 이 나라를 바꾸고 발전시킬 당신의 모습이!"

나의 미래?

나라를 바꾼다?

내가 홀린 듯 노파의 말을 듣고 있을 그때였다.

"그럼 난? 나는 어떻지?"

불쑥 주인의 음성이 끼어들었다. 놀란 내가 흠칫 돌아보자 어느 사이엔가 주인이 다시 안으로 들어와 있었다.

"꿀 먹은 벙어리가 되었나? 좀 전까지 태양이니 어쩌니 잘만 떠들지 않았더냐? 어디 내 미래도 점쳐 보거라. 참고로 내 생일은 10월 10일, 이 자식과 같은 천칭자리다."

거만하게 눈을 내리깔며 주인이 명하였다. 하지만 그런 주인을 조용히 응시할 뿐 노파는 말이 없었다.

"입도 벙긋 못 하는 것을 보니 네년이 더 이상 지어낼 능력이 없는 모양이구나. 감히 영주인 나를 상대로 사기를 치려 했던 것이냐!"

"도망은 자유가 아닙니다."

"뭐?"

여태 듣지 못한 탁한 소리가 노파에게서 새어 나왔다. 그녀가 충고하듯 주인을 향해 말했다.

"인생의 행복은 눈에 보이는 것이 아니라 못 보고 지나치는 것입니다. 인생에서 가장 중요한 것 또한 현재를 함께하는 사람들이지요."

"이놈의 망할 늙은이가 갑자기 뭐라는 거야? 내가 미래를 봐 달랬지, 언제 헛소리하랬어? 한 대 더 맞아야 정신 차릴래!"

"쉽게 다시 말씀드리지요. 영주께선 좀 착하게 사실 필요가 있습니다. 욕심을 버리십시오."

"뭐, 뭐야?"

흰자위가 전부 드러날 정도로 주인이 눈을 부릅떴다. 언제 대놓고 이런 말을 들은 적이 있었던가. 동생인 레지나 아가씨조차 이렇게까지 말씀하신 적은 없었다.

"둘이 바뀌었다면 시대가 달라졌을 터인데…… 쯧쯧쯧."

주인도 놀랐고 나도 놀랐다.

바뀌다니?

나와 눈이 마주친 주인의 얼굴이 모멸감과 수치심으로 붉게 달아올랐다.

"허억!"

그리고 다음 순간 내가 미처 말릴 새도 없이 주인의 발길질이 시작되었다. 쓰러진 노파의 입에서 피가 흘렀다. 피를 본 주인의 눈이 광기에 휩싸이며 허리춤에 걸고 있던 단도를 꺼내 들었다.

다행인지 불행인지 그 단도는 나를 향해 있었다.

"내 자리가 탐이 나느냐?"

"여, 영주님! 그게 무슨…… 흡!"

예리한 칼날이 목에 와 닿았다. 지금의 주인이라면 날 충분히 베고도 남는다. 그 사실이 나로 하여금 공포심을 불러일으켰다.

"여기 이 늙은것이 그러질 않느냐? 너와 내가 바뀌었다면 시대가 달라졌을 거라고! 평소 나의 자리를 탐내 왔더냐?"

"아, 아닙니다. 그럴 리가요! 절대 아닙니다! 저 같은 것이 어찌 그런 생각을 품을 수 있단 말입니까? 저는 그저 천한 하인일 뿐입니다! 오해하지 마십시오!"

"정말이더냐?"

"영주님을 안전하고 편안하게 모시는 것만이 소인이 해야 할 일입니다!"

내 답변이 만족스러웠는지 주인의 입가에 잔혹한 미소가 드리웠다.

"늙은이, 보았느냐? 이런 비굴한 녀석이 어딜 봐서 고귀한 영혼이라는 것이냐? 네년이 저놈을 두고 사기를 쳤거나,

아니면 너무 오래 살아 눈깔이 삔 것 아니야?"

"평생을 점성술사로 살아왔습니다. 쇤네의 점술은 여태 한 번도 틀린 적이 없사옵니다!"

비록 힘이 없어 일어서지는 못하나 노파의 눈빛만은 강건했다. 발악하듯 대꾸하는 그녀의 태도에 주인의 입꼬리가 무섭게 휘어졌다.

"정녕 너는 죽어야만 입을 닫을 년이구나."

"기왕 이렇게 되었으니 한 말씀 더 하지요. 영주께선 언젠가 큰 혼란에 휘말리실 운명입니다. 그때 개죽음 당하고 싶지 않으시면 지금이라도 얼른 정신 차리십시오!"

"푸하하하! 뭐? 개죽음?"

이렇게 웃긴 얘기는 처음 들어 본다는 듯 주인이 박장대소를 터뜨렸다.

하지만 한바탕 웃음이 쓸고 지나간 자리는 스산했다. 주인이 차갑게 정색하며 뇌까렸다.

"왜? 아예 저 한스랑 운명이 바뀐다고 하지?"

"그런 말은 그리 쉽게 입에 담는 것이 아닙니다. 말이 씨가 된다는 것을 모르십니까? 남은 생 무사히 치르시려면 쇤네의 말씀을 잘 새겨들으십시오!"

"아니, 이년이 끝까지!"

마침내 폭발할 시점이 왔다. 내 목을 겨누고 있던 주인의 칼날이 노파에게로 날아갔다.

"네년의 예언이 어떻게 틀어지는지 저승에 가서 똑똑히 지켜보아라!"

"영주님! 안 됩니다! 끄아악!"

불로 지진 듯한 통증이 등에서부터 온몸으로 퍼졌다.

"하, 한스야!"

당황한 주인의 얼굴이 흐린 시야를 채웠다. 정신이 혼미해져 가지만 한 가지는 알 수 있었다.

노파를 살렸다.

나에게 처음으로 고귀하다 말해 준 사람.

희미하게 미소 짓는 나의 귓가로 그녀가 속삭였다.

"당신은 고귀한 영혼을 지니신 분입니다. 부디 죽는 순간까지 희망을 버리지 마십시오. 절대로 희망을 버리시면 아니 됩니다. 명심하세요. 희망, 그것만이 어그러진 당신의 운명을 바로잡을 수 있습니다."

내가 완전히 의식을 잃을 때까지 그녀는 몇 번이고 같은 말을 계속 반복했다. 마치 주문을 외우기라도 하듯이.

6.

"계십니까?"

내가 노파의 천막을 다시 찾은 것은 그로부터 한 달이란

시간이 지난 뒤였다. 상처는 그보다 일찍 아물었지만 어째
선지 발걸음이 떨어지지 않아 오질 못했다.

하지만 무시를 하자니 그건 그거대로 마음이 편치 않아
결국 이렇게 오고야 말았다.

"안에 어르신 계십니까?"

"누구슈?"

두어 번 소리를 더 내자 드디어 사람이 나왔다. 한데 노
파가 아니라 웬 중년의 사내였다. 낮잠을 자고 있었는지 얼
굴에 베개 자국이 선명했다.

"전에 이곳에서 점술을 보았던 사람입니다. 혹, 안에 어
르신 계십니까?"

"지금 어르신이라고 했수?"

"네, 백발에 허리가 굽으신 노파분 말입니다. 그분께 제
가 잠시 여쭐 것이 있어서요."

"쯧쯧쯧. 그쪽도 당했구먼?"

"예?"

남자가 날 매우 딱하다는 눈초리로 쳐다봤다. 이상함에
내가 묻자 그가 말했다.

"그 노인네에게 들은 건 몽땅 잊으슈! 뭔 소리를 했건 노
망나서 뱉은 말이니까. 말년에 미쳐도 어찌나 단단히 미쳤
는지 내가 다 피곤해 죽겠수다!"

"노망이라니요. 허면 그분이 점성술사가 아니라는 말씀

입니까?"

"한때 그러긴 했지. 그치만 몇 해 전부터는 그저 완전히 정신 나간 노인네였수. 얼마나 헛소리를 해대던지. 에휴, 이웃이던 나까지 피해가 말도 아니었다니까. 가고 나니 아주 내 속이 다 후련하네!"

"가셨다니요? 어디로 떠나셨습니까?"

"젊은 사람이 이렇게 눈치가 없어서야. 원. 노인네가 갈 데가 하나뿐이 더 있겠수?"

"설마…… 돌아가셨다는…… 그런 뜻입니까?"

"한 달 정도 됐수다. 이제 자기는 갈 때가 되었다면서 전날에 인사까지 오더니, 다음 날 정말 꼴까닥해 버렸지. 그래도 그만하면 호상이야, 호상."

난 잠시 아무 말도 못 한 채 가만히 서 있었다.

혼란스러웠다.

말로는 설명할 수 없지만 어딘지 특이한 구석이 있는 노파였다. 아직도 그날 보았던 노파의 눈빛이 잊히지가 않는다. 희망을 버리지 말라던 간절한 목소리 역시 지금도 생생히 귓가에 울리는 듯하다.

그런데 그게 다 거짓이라고?

그저 노망난 늙은이의 장난이었단 말인가?

"혹시 몇 년 못 살고 죽는단 소리라도 들은 게유?"

하얗게 질린 나를 보며 그가 걱정 말라는 듯 덧붙였다.

"그거라면 염려 마슈. 그 노인네에게 그 소리 듣고도 멀쩡하게 살아 있는 사람들 여기 부지기수니까. 가기 전날 나한테도 곧 좋은 일이 있을 거라고 하더만, 좋은 일은커녕 직장에서 잘리고 요렇게 백수가 됐수다!"

그가 턱짓으로 천막 안을 가리켰다.

"믿을 수 없거든 안으로 들어가 잠시 기다려 보슈. 그 노인네 가고 동네 사람들 아지트로 쓰고 있거든. 지금은 나 혼자지만 곧 하나둘 나타날 거유. 오면 한 명씩 붙들고 한번 물어보시게나. 뭐, 다 비슷비슷한 소리를 하겠지만 말이야."

다시 잠이나 자야겠다며 남자가 안으로 들어갔다. 그를 따라 움직이던 다리가 두 걸음 만에 멈춰 섰다.

다른 사람을 만나 봤자 달라지는 건 없다. 그가 무엇 때문에 거짓을 말하겠는가. 그의 말이 사실이라는 건 나 또한 알고 있다. 그저 인정하기가 싫을 뿐이다.

난 진정 노파의 말을 믿었던 것인가.

잠시나마 흔들렸던 나 자신이 정말 바보 같았다.

그래, 인정할 건 인정해야지.

난 그녀의 말을 믿었다기보다, 믿고 싶었던 것이다. 어떡해서든 지금의 삶에서 탈출하기 위해.

주인의 말이 맞았다.

난 미천한 하인일 뿐 아무것도 아니다. 내가 잠시 주제도 모르고 착각 속에 빠져 있었다.

고귀한 영혼?

그런 건 개나 줘 버리라지.

귀족만이 인간 대접을 받으며 살아갈 수 있는 세상.

그 사실만을 또 한 번 뼈저리게 상기하며 난 허탈한 발걸음을 돌렸다. 그런 나를 위로라도 하듯 푸드덕 새 한 마리가 머리 위를 지나쳐 날아갔다.

제2장
얼음기사

Another Story

1.

사람은 누구나 죽는다. 저마다 시기가 다를 뿐 언젠가는 모두 죽게 되어 있다. 내 아버지처럼.

아버지는 오랜 시간 몸이 편찮으셨다. 딱히 병에 걸리셨던 것은 아니고 타고나기를 남들보다 약하게 태어나셨다.

어린 시절의 난 그런 아버지의 상태를 완전히 이해하지는 못했지만, 어렴풋이 짐작은 하고 있었다. 나를 안으실 때마다 힘겨움에 팔이 떨리셨고, 환하게 웃고는 계시지만 얼굴에는 항상 핏기가 없으셨다.

하지만 나의 뇌리 속에 가장 강하게 남아 있는 것은 아버지의 떨리던 팔도, 창백한 피부도 아니었다.

아버지의 파란 눈동자.

그 안에 가득했던 이유 모를 슬픔.

난 아버지를 볼 때면 행여 아버지가 내 앞에서 울음을 터뜨리면 어쩌나 겁이 나곤 했었다. 어렸지만 나약한 아버지의 모습을 보고 싶지 않았기 때문이다.

그래서 난 예방 차원에서 매번 아버지를 볼 때마다 작은 두 손으로 아버지의 목을 꼭 안아 드렸다.

아버지, 울지 마세요. 내가 있잖아요.

나의 착각일지 모르겠지만 그러면 아버지는 잠시나마 기운을 내시곤 하셨다. 나를 안은 팔뚝에서 힘이 느껴졌고, 눈빛과 목소리에서는 종종 어떤 결심이 보였다.

하지만 그뿐이었다. 내가 아무리 노력해도 아버지의 창백한 얼굴만은 되돌릴 수 없었다.

난 그때 깨달았던 것 같다.

아버지가 내 곁에 오래 계시지는 못하겠구나.

시간이 흘러 내 나이 열 살이 되던 해.

수개월을 침실에서만 보내시던 아버지께선 결국 죽음을 맞이하셨다. 절대 울지 않겠다고 아버지와 약속을 했었는데, 어렸던 난 그 약속을 까맣게 잊어버리고 모두가 보는 앞에서 펑펑 울고 말았다.

어머니를 포함한 수많은 사람들이 나를 위로하였지만, 아버지를 잃었다는 상실감은 당시의 내겐 굉장한 충격이었다. 그 어떤 것으로도 슬픔을 달랠 수가 없었다. 아버지를 따라 죽고 싶을 만큼 나에겐 괴로운 순간이었다.

헌데 내가 그 충격에서 미처 빠져나올 틈도 없이 바로 대관식이 열렸고, 난 로젠바움 제국의 마흔아홉 번째 황제가 되었다.

황제. 제국에서 가장 높은 신분.

그 자리에 아버지의 뒤를 이어 내가 오른 것이다. 고작 열 살이었던 내가.

아버지의 신하라 자처하던 이들이 나를 칭송하고, 주변의 것들이 하나하나 변하기 시작했다. 전과는 비교할 수 없는 엄격한 생활이 이어졌고, 어머니를 볼 수 있는 시간은 점점 줄어들었다.

예전과 달리 매우 바빠졌지만 다람쥐 쳇바퀴 돌듯 단조로운 삶이었다.

회의에 참석해 그들의 말에 고개를 끄덕이고, 탑처럼 쌓여 있는 서류는 읽어 보지도 못한 채 어인을 찍었다. 밤이 되면 수면에 들고 아침이 오면 일어나 어제와 같은 일상을 보냈다.

간혹 파티에도 참석하였는데 그곳에서도 내가 하는 일은 비슷했다.

가장 높은 자리에 앉아 다가오는 귀족들에게 미소 띤 얼굴로 인사하기.

그들이 하나같이 말하기를 나는 신하들의 청을 귀 기울여 잘 들어주는 어진 임금이었다. 아무것도 하지 않는 나를 두고 제국을 잘 이끌어 가고 있다며 다들 입을 모아 칭찬했다.

어디에도 아버지에 대한 얘기는 없었다. 전부가 나만을 칭송하기 바빴다.

난 그 사실이 매우 슬펐다. 사람들이 벌써 아버지를 잊었다는 생각에, 더욱이 그것이 나 때문인 것 같아서 참을 수가 없었다.

내가 순순히 그들의 뜻을 따른 것은 아들인 내가 아버지를 대신해야 한다는 말 때문이었다. 그런데 그런 나의 행위가 세상에서 아버지의 흔적을 지워 내는 것 같아서 혼란스러웠다.

2년이란 세월이 흐른 지금은 그들의 그런 행동이 무엇을 뜻함인지 알고 있지만, 그때의 난 정말 아무것도 모르는 어린애였다.

아버지를 죽게 만든 자들에게서 아버지를 잃은 슬픔을 느끼려 하였다니. 아무리 몰랐다고는 하나 얼굴이 화끈거릴 만큼 수치스러운 과거였다.

"아버지……."

죄스러운 마음에 눈물이 차오른다. 아버지의 초상화를 바라볼 때면 언제나 이렇다. 슬픔에 젖어 있던 아버지의 눈

빛. 그 의미를 이제는 너무나도 잘 알기에 더욱 그렇다.

"그곳은 편안하신가요?"

이곳에선 한시도 편하셨던 날이 없었을 테니, 그곳에서나마 편하게 지내셨으면 하는 게 간절한 나의 바람이었다.

"폐하, 차를 내왔습니다. 들어가도 되겠습니까?"

낯익은 시종의 목소리에 난 재빨리 상념에서 벗어나며 눈물을 닦았다. 나의 미련함을 자각한 순간 내가 맹세한 것은 누구에게도 우는 모습을 보이지 않겠다는 것이었다.

"들어오너······!"

초상화에서 눈을 떼고 몸을 돌리던 난 일순 말을 잇지 못하였다. 어이없게도 실내에는 나 혼자만 있는 것이 아니었다. 언제부터인지는 알 수 없으나 웬 소년이 나를 보며 서 있었다.

먹은 것이 다 키로만 갔는지 키가 매우 큰 소년이었다. 마른 체격이었지만 근육이 단단해 보였고, 단정한 회색 머리에 차려입은 예복은 흠잡을 데 없이 완벽했다.

어느 집 자제인지는 몰라도 말 한마디 없이 서 있기만 하는데도 기품이 느껴질 만큼 분위기가 우아했다.

다만 각진 턱과 가는 남청색 눈동자 때문인지 인상이 몹시도 차가운 게 흠이었다. 마치 얼음을 마주하고 있는 기분이랄까.

누구지?

내 궁금함이 드러났는지 소년이 허리를 굽히며 자신을 소개했다.

"라키아 디 로드리게즈, 폐하께 인사 올립니다."

아, 오늘이었나!

그의 이름을 듣는 순간 난 잊고 있던 일정 하나가 떠올랐다.

열여섯에 소드 마스터가 된 천재 검사, 라키아.

오늘은 그에게 내가 직접 소드 마스터가 된 기념으로 작위를 하사하는 날이었다.

"수여식에 앞서 폐하의 용안을 먼저 뵈옵고자 찾아왔습니다. 홀로 계신 시간을 방해하였다면 정중히 사죄드립니다."

이런.

의외의 만남에 잠시 잊고 있었다. 방금 전 내가 무엇을 하고 있었는지.

다 보았을까?

다시는 누구에게도 나약한 모습을 보이지 않으리라 다짐했건만, 오늘 처음 만난 상대에게 들키고 말았다. 주변에 거울이 없다는 게 그나마 다행이다. 일그러진 내 얼굴까지 마주하고 싶지는 않으니까.

"부끄러우십니까?"

시종장에 대한 원망이 들던 차 갑자기 그가 물었다. 직설적인 그 물음에 당황한 내가 머뭇거리자 그가 말했다.

"눈물을 창피해하지 마십시오. 아직 폐하의 가슴이 따뜻하다는 증거입니다."

그 순간 왜였을까?

차가운 표정에 말투마저 무심하기 짝이 없는 그를 보며 난 알 수 없는 어떤 편안함을 느꼈다. 아버지가 떠난 이후로 하루하루가 불안의 연속이었던 나에게 그것은 엄청난 사건이자 변화의 싹이었다.

나도 몰랐던 내 마음속 무언가가 꿈틀하며 그를 향해 조금씩 움직이기 시작했다.

2.

"이반, 지금 몇 시지?"

창문을 열자 싸늘한 공기가 내 얼굴을 덮쳤다. 말을 할 때마다 하얀 김이 새어 나오는 것을 보니 이제 완연한 겨울 날씨였다.

"폐하, 그 질문만 벌써 스무 번이 넘었습니다. 때가 되면 올 터이니 그만 이리로 오십시오. 그러다 감기 드십니다."

"이까짓 추위에 감기는 무슨. 이반이 하도 닦달을 해서 옷도 이렇게 두껍게 입었잖아. 괜한 걱정 말고 몇 시인지나 말해 봐. 아직 안 됐어?"

난 혹시나 하는 마음에 고개를 창밖으로 내밀고 좌우를 살폈다. 하지만 보이는 건 경비병과 시종들뿐, 기대했던 모습은 찾을 수 없었다.

"휴우, 늦네."

"약속 시간은 이십 분이나 남았습니다. 계속 그렇게 기다리실 겁니까?"

"글쎄. 라키아 경이 시간보다 일찍 도착한다면 내 기다림도 그만큼 줄어들겠지? 늦는다면 더 길어질 테고."

황제와의 약속이니 설마 늦지는 않겠지만, 어쩐지 그라면 그럴 수도 있을 거란 생각이 불쑥 들었다. 이상한 건 그럼에도 전혀 기분이 나쁘지 않다는 사실이었다.

첫 만남에서 느꼈던 강렬함 때문인지 유독 그에게는 너그러워지는 내 자신을 발견한다. 이것이 좋은 징조일까?

"폐하, 신이 한 가지 여쭈어도 되겠습니까?"

"잔소리는 이제 포기한 거야?"

장난스레 맞받아쳤지만 나는 내심 긴장했다. 이반의 음성이 진지해졌음을 아는 탓이다.

눈을 뜨고 지내는 모든 시간을 나를 걱정하며 보내는 유일한 신하. 그가 뭘 물어올지 나는 짐작이 갔다.

"신은 지금이라도 창을 닫고 폐하를 벽로로 모시고 싶습니다. 그런 신의 충정이 잔소리로 들리셨다면 송구하오니다."

"아무튼 끈질기다니까. 하긴, 그래야 이반답지. 알았어. 간다, 가."

결국 난 내 손으로 창문을 닫고 항복을 선언했다. 투덜대는 나와 달리 이반의 입가에는 흐뭇한 미소가 지어졌다.

"물어보고 싶은 게 뭐야?"

그 미소는 내가 벽로 앞에 앉자마자 씻은 듯이 사라졌다. 심각한 어조로 이반이 물었다.

"갑자기 라키아 경을 검술 선생으로 들이시는 연유가 무엇이옵니까? 신의 무지한 머리로는 아무리 생각하고 또 생각을 해 보아도 도통 알 수가 없어서 말입니다."

"황실 마법사인 이반이 무지하면 이 세상엔 전부 바보들뿐이게?"

"폐하, 라키아 경의 집안인 로드리게즈 백작가는 대대로 황실에 충성을 해 온 가문입니다. 반대로 이야기하자면 공작들과는 꽤 멀게 지내 온 사이라는 거지요."

"알아, 요새 참 보기 드문 가문이지."

황제인 나보다도 공작들에게 아첨하기 바쁜 귀족들을 떠올리며 나는 씁쓸하게 웃었다.

"일전에도 말씀드렸듯이 아직은 공작들과 맞서실 때가 아닙니다. 어린 폐하에게 그들이 무슨 짓을 할지 알 수가 없지 않습니까? 조금 더 자라실 때까지는 묵묵히 그들의 뜻에 따르셔야 합니다."

"이제껏 그래 왔잖아."

"네, 잘 참아 내고 계셨지요. 오늘까지는."

"하고 싶은 말이 뭐야?"

이반의 말투가 점점 나를 꾸짖는 투로 변해 갔다. 나 자신이 처한 현실을 누구보다 잘 알고 있음에도 비참하고 초라한 기분이 드는 건 어쩔 수가 없다.

대체 언제쯤이면 나는 그들에게서 벗어날 수 있을까.

이제 겨우 2년이 지났을 뿐인데 벌써부터 숨이 턱턱 막혀 온다.

"공작들에게는 일언반구도 없이 독단으로 일을 처리하신 건 폐하께서 크게 실수하신 겁니다. 그들을 자극하기 위해 그리하신 거라면 성공하셨다는 뜻입니다."

그것 참 다행이네.

"라키아 경이 그들에게 어떤 존재입니까? 그의 명성이 하루가 다르게 높아지고 있는 요즘입니다. 전국 각지에서 그를 추종하는 무리들이 황도로 몰려들고 있습니다. 그가 공작의 사람이었다면 상관이 없었겠지만, 아시다시피 현실은 그렇지가 않지 않습니까? 이번 일로 공작들은 폐하께서 반기를 들었다고 생각할 수도 있습니다."

"보복이라면 두렵지 않아."

"이미 각오하고 계시다는 뜻입니까?"

끄덕.

내가 차분히 고개를 끄덕이자 이반의 눈동자가 작게 흔들렸다. 나의 가장 측근이라는 신하가 이제야 나의 본심을 알아차렸다.

"단순한 치기로 결정하신 것이 아니셨군요. 그렇지요?"

"참은 게 아까워서라도 그렇게는 못 하지. 통쾌함이 아예 없는 건 아니지만, 내가 라키아 경을 들인 건 어떤 사람인지 알고 싶어서야. 이반에게는 말하지 않았지만 그와의 첫 만남이 꽤 근사했거든."

"공작들의 심기를 거스르는 위험까지 감수할 만큼 말입니까?"

"이반은 궁금하지 않아?"

굳이 첫 기억 때문이 아니더라도 라키아는 누구라도 곁에 두고 싶은 매력적인 인물이었다.

이제껏 어느 누구도 열여섯이란 나이에 소드 마스터가 되지 못하였다. 마찬가지로 승계가 아닌 본인의 힘으로 그 나이에 작위를 얻은 자 또한 전무하다.

난 오늘 그를 만나면, 그날에 느꼈던 편안함이 나의 착각이었는지 아니었는지를 다시금 확인할 작정이었다.

"폐하, 로드리게즈 자작 들었습니다."

시계를 보니 정확히 세 시였다.

약속 시간에 딱 맞춰 나타나는 사람은 정이 없다고 하던데.

쓸데없이 떠오르는 상상에 난 피식거리며 꼿꼿이 허리를 폈다. 끼이익, 문이 열리고 전처럼 깍듯하게 예복을 갖춰 입은 라키아가 우아한 걸음으로 나를 향해 걸어왔다.

키가 크다 보니 그는 보폭도 컸다. 어느새 내 앞에 당도한 그가 모자를 벗고 정중히 예를 올렸다. 반가움에 활짝 웃던 내가 미소를 거둔 것은 그다음이었다.

나의 착각이었단 말인가?

여전히 처음 보았던 그때처럼 무표정한 얼굴이지만, 난 전과 달리 그가 현재 기분이 그리 좋지 않다는 걸 알 수 있었다.

나의 청을 거절하려는 것일까?

아무 힘도 없는 꼭두각시 황제라서?

그에게 품고 있던 환상이 조용히 소리 없이 사그라졌다. 그는 다른 줄 알았는데 아니었나 보다. 그 역시 공작들과 같은 부류의 사람이었다.

아직도 이렇게 보는 눈이 없어서야.

기대가 컸던 만큼 실망감도 컸지만, 난 최대한 아무렇지 않은 척 목소리를 냈다.

"아무래도 내가 무리한 부탁을 한 모양입니다. 경의 뜻은 잘 알았으니 이만 돌아가 보세요."

"외람되오나, 저는 아직 아무 말씀도 올리지 않았습니

다. 검술 선생이 필요하신 게 아니셨습니까?"

"필요는 하지만 경에게 그것을 강요할 생각은 없습니다. 하기 싫은 걸 억지로 하는 건 나 하나로 충분하거든요."

"어째서 그것을 강요라 여기시는지요?"

난 잠시 답을 해야 할지 말아야 할지 망설였지만 이내 대꾸했다.

"오늘 만난 경의 얼굴이 전과는 조금 다르더군요. 기분이 썩 좋아 보이지 않았습니다."

"제 기분을 읽으셨다는 말씀입니까?"

줄곧 변화가 없던 그의 눈에 처음으로 놀란 기색이 스쳤다. 그는 자신의 속내가 들켜서라기보다, 내가 알아봤다는 사실에 신기해하는 것 같았다.

"내가 잘못 본 것인가요?"

"아니요. 제대로 보셨습니다. 조심을 한다고 하였는데 제가 실수를 하였습니다. 하나 오해는 하지 마십시오. 폐하 때문이 아니라 배가 고파서 그런 것이니까요."

"……?"

난데없는 그의 말에 내가 인상을 찌푸리자 그가 설명했다.

"어릴 때부터 배고픔을 잘 참지 못했습니다. 허기가 지면 기분이 가라앉거나 심할 경우 화가 나기도 하지요. 입궁 준비를 하느라 식사를 거른 게 원인인 것 같습니다. 심려 끼쳐 드려 송구합니다."

허리 숙여 사죄하는 그를 보며 난 한동안 말을 잇지 못했다.

배가 고파서라니?

생각지도 못한 정말 황당한 이유다. 거짓인가 싶어 살펴보았으나 그러기엔 그의 태도가 너무 진지했다. 어떻게 보면 창피할 수도 있는 이야기인데, 그에게선 조금의 당황스러움도 찾아볼 수 없었다.

오히려 중대한 것을 털어놓는 분위기랄까?

"부족하지만 앞으로 최선을 다해 폐하를 모시겠습니다."

어이없어하는 내가 보이지도 않는지 라키아가 굳은 목소리로 자신의 포부를 밝혔다. 그런 그를 멍하니 바라보던 내가 다음으로 명한 것은 식사를 내오라는 것이었다.

배고픈 신하를 모른 척할 수 없지.

곧 풍성한 음식이 우리 앞에 차려졌다.

3.

하나, 둘, 셋, 넷…… 컥! 무려 열세 접시!

난 눈을 한 번 세게 감았다가 다시 떴다. 내 시력을 도저히 믿을 수가 없었다.

어떻게 사람이 저렇게 많이 먹을 수 있지?

이게 가능한 일인가?

쉬지 않고 라키아의 위장 속으로 들어가는 음식들을 바라보며 나는 진실로 기함했다. 시녀들이 새로운 요리를 계속 내오고 있었지만 무서운 속도로 동이 나고 있었다.

얼마나 먹나 싶어 가만히 구경만 하고 있는데, 빈 접시가 열 개가 넘어가도 당최 끝날 기미가 보이지 않았다. 엄청난 대식가가 내 눈앞에서 살아 움직이고 있었다.

쩝.

난 포크를 내려놓았다(아직 한 접시도 비우지 못했다). 애초에 배가 고프지도 않았지만, 처음 보는 괴이한 풍경에 그나마 있던 식욕도 싹 사라졌다. 그건 이반도 마찬가지인 듯 진즉부터 먹기를 포기하고 입을 벌린 채 라키아를 보고 있었다.

문득 주변을 돌아보니 라키아를 향해 흠모의 눈길을 보내던 시녀들의 모습도 더는 볼 수 없었다. 대신에 놀라움과 경악, 감탄이 그들의 얼굴에 서려 있었다.

대체 그는 어떤 사람일까?

고작 두 번의 만남에 함께 보낸 시간 또한 그리 길지 않지만, 그는 나를 어느 누구보다도 정신없게 만들었다. 말이 많은 것도 아니고 무례한 행동을 하는 것도 아닌데 말이다.

그를 보고 있으면 즐겁다. 이런 기분을 느끼는 게 얼마

만인지 모르겠다. 아버지가 돌아가신 이후로는 웃었던 기억이 별로 없다. 울지 않으면 다행이었으니까.

강함에서 오는 당당함일까?

황제인 내 앞에서도 전혀 기죽지 않고 행동하는 라키아가 난 무척 대단해 보였다. 가식이 없는 점도 좋았고, 무엇보다 체면을 차리지 않는 것이 마음에 들었다.

아직은 더 지켜봐야 하겠지만 이제껏 만나 왔던 귀족들과는 확실히 달랐다.

"폐하, 입맛이 없으십니까?"

내가 잡념에서 빠져나올 즈음, 식사를 시작하고 그가 처음으로 입을 뗐다.

풋.

이제야 허기가 좀 가신 것인지 표정이 아까보다 많이 부드러워졌다. 정말로 배가 고파서 기분이 나빴던 게 맞는 모양이다.

"어찌하여 웃으십니까?"

내가 갑자기 웃자 이상했는지 라키아가 식사를 멈추고 물었다. 습관적으로 아무것도 아니라고 말하려던 난 왠지 그에겐 솔직하고 싶어 사실대로 답했다.

"라키아 경의 목소리가 하도 오랜만이라서 웃었습니다. 원래 식사 중에는 말이 없나요?"

"보통 음식을 먹을 땐 먹는 것에만 집중하는 편입니다.

혹, 불편하셨습니까?"

"아, 그런 건 아니에요. 잘 드시니 보기 좋습니다."

엄청난 식사량에 놀랐을 뿐 내 말은 진심이었다. 난 그를 기쁘게 하기 위해 시녀들에게 음식을 더 내오라 명했다. 라키아가 감사의 뜻으로 고개를 숙이더니 이내 다시 식사를 시작했다.

그의 먹는 속도는 나름의 패턴이 있었다. 가끔씩 물을 마실 때를 빼고는 접시 하나당 포크를 대여섯 번 정도 움직여 가며 음식들을 해치웠다.

신기한 점은 보통 사람은 엄두도 내지 못할 양의 식사를 하면서도 그는 절대 품위를 잃지 않았고, 예절 또한 엄격하게 지킨다는 것이었다.

"배를 채웠으니 이제 움직여 볼까요?"

재밌는 장면도 계속 보면 질리듯이 내가 슬슬 지루해질 무렵, 라키아가 냅킨을 내려놓으며 일어섰다.

허기를 달래고 난 이후여서일까?

그가 전보다 훨씬 의젓하게 보였다.

4.

내가 라키아를 데려간 곳은 건물 뒤에 마련된 나의 개인

연무장이었다. 고작 오늘이 서너 번째 방문이지만 내게는 제법 애착이 가는 곳이었다.

아무에게도 간섭받지 않고 홀로 지낼 수 있는 몇 안 되는 곳 중의 하나. 의외로 그런 곳은 이 넓은 황궁에서 별로 많지 않았다.

"뭐부터 하면 되죠?"

난 기대 어린 시선으로 그를 바라보며 물었다. 지금과 같은 기분이면 뭐든 할 수 있을 것 같았다.

날카로운 눈빛으로 연무장을 훑던 라키아가 나를 향해 돌아섰다.

"일단 말씀을 놓으십시오. 저는 폐하의 신하입니다."

"네?"

순간적으로 그의 말을 잘 이해하지 못한 내가 멀뚱한 표정을 짓자, 그가 미간을 모으며 다시 말했다.

"제게 말씀을 놓아 달라 아뢰었습니다."

"어째서……?"

아무도 내게 그러한 것을 요구한 적이 없었다. 의아함에 내가 고개를 기울이자 라키아가 공손히 답했다.

"황제는 만백성의 주인이라 하였습니다. 폐하께선 이 나라에서 가장 높으신 분이십니다. 스스로를 낮추려 하지 마십시오."

"낮추고자 그런 것이 아닙니다. 그냥 내가 아직 어리니까

신하들을 존중하고자 그리한 것입니다."

완전한 그의 오해였다. 억울함에 내가 펄쩍 뛰자 이제껏 들어 보지 못한 엄한 음성이 그에게서 쏟아졌다.

"연소하셔도 폐하십니다. 폐하의 그 존칭이 대신들로 하여금 불충한 사고를 갖게 한다고는 한 번도 생각해 보신 적 없으십니까?"

"불충한…… 사고?"

그들이 나를 두려워하지 않는다는 건 나도 알고 있다. 하지만 그건 내가 나약하고 어려서지, 존대를 해서가 아니다. 그의 추측은 잘못되었다.

"폐하의 연치가 어리다고 해서 모든 걸 그들이 결정하고 있습니다. 갈수록 그 수위가 도를 지나치고 있지요. 그들은 자신들이 누구인지를 망각하고 있습니다. 허니 폐하께서 일깨워 주십시오."

일깨우라고? 내가? 어떻게?

"그들과 대화를 나누실 때만이라도 누가 황제이고 누가 신하인지를 깨우쳐 주시라 이 말씀입니다. 말에는 생각보다 큰 힘과 뜻이 담겨 있습니다. 몽매한 그들에게 가르쳐 주세요. 그것이 폐하께서 하셔야 할 일입니다."

나를 곧게 응시하는 그의 눈은 진심이었다.

진실로 나를 염려하는 눈빛.

줄곧 이반에게서만 보아 왔던 것을 다른 이에게서 발견

하자 낯설면서도 오묘한 기분이 들었다.

하지만 싫지 않다.

아니, 기쁘다.

유치하지만 나의 편이 한 명 더 생겼다는 사실에 든든했다. 더욱이 그것이 라키아라고 하니 없던 자신감까지 생긴다.

그래, 이렇게 힘을 내자.

난 혼자가 아니야.

아버지께서도 어딘가에서 날 지켜보고 계실 것이다. 부끄러운 아들이 되지는 말아야지.

"응, 그럴게."

조금 어색했지만 난 그의 충고를 받아들이기로 했다. 부디 붉어진 내 얼굴을 그가 모른 척해 주길 바랄 뿐이다.

하나 그런 나의 바람은 이뤄지지 못했다. 대신 진귀한 것을 목격하였는데, 그건 다름 아니라 라키아의 미소였다. 얼음기사라는 별명에 어울리지 않는 따뜻한 시선으로 그가 나를 보며 웃고 있었다.

순간 난 부끄러움도 잊은 채 그의 얼굴을 멍하니 올려다봤다.

웃기도 하는구나.

사람이라면 당연한 것일진대 이상하기는커녕 생각보다 자연스러운 그의 미소에 난 바보처럼 속으로 중얼거렸다.

그러면서 한편으로는 지금과 같은 그의 모습을 자주 볼 수 있기를 희망했다.

"그럼 첫 수업을 시작하겠습니다. 먼저 몸을 풀어야 하니 외투를 벗으시고 저를 따르십시오."

정신을 차리고 보니 어느새 난 그와 함께 연무장을 돌고 있었다. 차가운 겨울바람에 온몸이 시렸지만 기분은 유난히 상쾌했다.

"오늘 같이 추운 날씨에는 가벼운 운동에도 쉽게 부상을 당할 수가 있습니다. 그래서 이렇게 달리면서 먼저 몸을 데우는 게 중요하지요. 당분간은 기초적인 체력 단련만 할 예정입니다. 훈련은 이후에 폐하의 상태를 지켜보고 시작하는 게 여러모로 좋을 것 같습니다. 따로 궁금하신 사항이라도 있으십니까? 없으시면 속력을 조금 올리도록 하겠습니다. 힘드시면 바로 말씀하십시오."

뭔가를 물어볼 틈도 없었다. 쌩하니 바람을 가르며 라키아가 앞으로 뛰어나갔다.

그와 나란히 달리고 싶은 욕심에 부지런히 다리를 움직였지만, 야속하게도 내가 다가갈 때마다 라키아가 속도를 높였다.

두 번, 세 번 반복이 되자 오기가 났다. 나를 열심히 뛰게 할 작전이라면 대성공이었다. 난 이를 악물고 그를 따라잡기 위해 전속력을 기울였다.

조금만, 조금만 더!

드디어 나의 노력이 결실을 맺으려는 순간!

"……!"

라키아의 등을 뚫어져라 쳐다보며 쫓던 나의 눈에 지금 이곳에 없어야 할 누군가의 모습이 보였다.

존 슈나이더 폰 타운젠드 공작.

제국의 재상이자 나의 공동 후견인인 그가 약속도 없이 나를 만나러 왔다. 일순간에 유쾌했던 감정이 사라지고 나의 머릿속은 다시금 망망함에 사로잡혔다.

"폐하."

그런데 언제부터였을까?

문득 옆을 돌아보니 어느 사이엔가 라키아가 다가와 서 있었다. 나를 지키기라도 하듯이.

그의 눈이 말하였다.

자신이 함께하겠노라고. 그러니 용기를 내라고.

마치 주문과도 같은 그 눈빛에 난 고개를 끄덕이며 다시 달리기 시작했다. 나를 만나기 위해선 앞으로 공작도 기다림이라는 것을 배워야 할 것이다.

그것이 오늘 내가 깨달은 황제로서의 직무였다.

5.

"많이 기다렸는가?"

겨울이라고 해도 뛰고 나니 온몸이 땀으로 흠뻑 젖었다. 일부러 늑장을 부린 건 아니지만, 씻고 오니 어느새 벌써 날이 저물어 가고 있었다.

"아니옵니다, 폐하. 운동은 즐거우셨습니까?"

평소와 다르지 않은 말투이긴 했으나, 나의 갑작스러운 하대에 공작은 조금 놀란 눈치였다.

반면에 난 걱정했던 나 자신이 어이없을 만큼 아주 자연스럽게 그를 대했다. 라키아의 응원 덕분인지 이젠 별로 어색하지도 않았다.

"오랜만에 뛰니 상쾌하고 좋았소. 그보다 어쩐 일인가? 연무장까지 직접 날 찾아오다니."

그가 온 이유를 알면서도 난 짐짓 모른 척 자리에 앉았다. 라키아가 나의 뒤를 이어 공작의 맞은편에 착석했다.

"뜻밖의 소식이 들려오기에 확인코자 하였는데, 여기 라키아 경을 보니 사실이 맞는 듯하옵니다."

"내가 그를 검술 선생으로 들인 것을 묻는 것인가?"

"예, 폐하. 신 조금 전에서야 그 일을 들었습니다. 어째서 폐하의 후견인인 제게는 한마디 상의조차 없이 그리하신 것입니까?"

정중히 묻고 있으나 공작은 지금 내게 추궁을 하고 있었다. 국사에 관련된 일뿐 아니라, 사사로운 모든 것까지 본인의 관리 감독하에 둬야지만 직성이 풀리는 그의 성미는 나는 물론 대신들 전체가 아는 사실이다.

  후견인이라는 빌미로 수없이 많은 간섭과 강요를 받으며 살아야 하는 어린 황제. 그것이 현재 나의 모습이었다.

  돌아가시기 전 아버지께서 직접 후견인을 뽑으셨다고 하지만 보나마나 압박을 했을 게 뻔하다. 아버지께선 몸져누워 계실 때조차 자유롭지 못하셨다.

  수시로 황궁을 들락거리며 아버지를 쥐락펴락하던 귀족들. 눈앞의 타운젠드 공작은 그들의 우두머리였다.

  "안 그래도 오늘 그대에게 말할 참이었소. 사실 검술을 배우고 싶다는 생각은 전부터 해 오긴 하였는데 미처 실행을 하지 못하고 있었소. 그러다가 불현듯 어젯밤에 욕심이 생겨 라키아 경에게 서찰로 부탁을 하였지. 아직 하루도 지나지 않았는데 벌써 알고 찾아왔다니, 그대의 소식통이 참 빠른 모양이오."

  황제인 나보다도 황궁에 눈과 귀가 많은 공작이니 이상한 일도 아니었다. 지금은 어쩔 수 없어 그냥 두지만, 훗날에는 전부 걸러 내고 오로지 나만의 사람으로만 채울 작정이었다.

  "라키아 경이 어디 보통 인물입니까? 그의 입궁으로 황궁이 벌써부터 아주 소란스럽습니다. 재상인 저의 귀에 들어오는 게 당연하지요."

"이런, 내가 그의 인기를 잠시 깜빡했소. 제국에서 가장 유명한 인사를 검술 선생으로 맞다니, 내가 운이 좋은가 보네."

"다 폐하의 홍덕이십니다."

마음에도 없는 말로 나를 위하더니 공작이 이번에는 라키아를 치하했다.

"라키아 경, 폐하의 청을 들어주어서 정말 고맙네. 그대 같은 인재가 폐하의 검술 선생이 되어 준다면 그거야말로 감사한 일이지. 폐하를 잘 부탁하네."

"신하로서 마땅히 해야 할 도리를 하는 것일 뿐입니다. 저야말로 폐하를 모실 수 있어서 영광입니다."

"폐하 또한 남다른 재능을 갖추신 분이니, 자네가 성심을 다한다면 높은 성취를 보실 수 있을 것이네. 폐하의 후견인으로서 지원을 아끼지 않을 테니 신경 좀 써 주게나."

귀족들의 입바른 칭찬에는 이골이 난 나지만, 희대의 천재인 라키아를 앞에 두고 그런 소리를 듣자니 민망해서 얼굴이 타 버릴 지경이었다.

제대로 검술을 배워 본 적도 없는 내게 재능이 있는지 없는지 그가 어찌 안단 말인가?

얼굴색 하나 변하지 않고 나를 칭찬하는 공작을 볼 때마다 나는 소름이 끼쳤다.

"특별히 따로 지원은 필요치 않으니 공작 전하께선 애쓰실 필요 없습니다. 검술이란 건 외적인 요소보다 마음가짐이 더 중요합니다. 과도한 관심은 오히려 폐하께 해가 될 수 있습니다."

"그 말은 폐하의 검술 훈련만큼은 자네에게 맡겨 달라, 그 뜻인가?"

"그건 공작 전하께서 결정하실 문제가 아니라고 여겨집니다. 이미 폐하께서 제게 검술 선생이 되어 주기를 부탁하셨고, 저는 그러고자 이곳에 왔습니다. 하니 공작 전하께선 더는 이 부분에 관여치 말아 주셨으면 합니다."

우아!

난 하마터면 소리 내어 감탄할 뻔했다.

그 누가 공작 앞에서 이처럼 당당할 수 있을까?

단언하건대 제국에서 그럴 수 있는 이는 채 다섯도 되지 않을 것이다.

아니나 다를까. 공작의 심기가 불편해지는 게 눈에 보였다. 제국의 재상답게 표정 관리를 잘하고 있지만 날 속일 순 없었다.

"라키아 경의 말이 맞네. 이왕 시작한 것 제대로 하고 싶으니, 이 문제는 전적으로 경에게 맡길까 하오. 재상은 공무만으로도 바쁜 사람이잖소. 내 일은 걱정 말고 국사에 더 힘을 써 주시오."

"폐하의 뜻이 정 그러시다면 신 따르겠습니다. 모쪼록 정진하시어 원하시는 바를 꼭 이루시길 바라옵니다."

"고맙소. 그대의 배려 잊지 않으리다."

가식적인 말을 서로 진심인 양 주고받다 보니 어느덧 저녁 시간이 되었다. 같이 식사나 하자고 내가 청했으나 약속이 있다며 공작이 사양했다.

그는 일어서기 전 조언이랍시고 한마디를 하였는데 그 말이 꽤 의미심장했다.

"폐하께서 하루 사이에 많이 달라지신 듯합니다. 약간의 변화는 생활의 활력이 될 수 있지만, 잦은 변화는 혼란을 야기한다는 점 잊지 마십시오. 부디 신의 충언을 새겨들어 주시길 바라옵니다."

그것은 일종의 경고였다. 더 이상 내 맘대로 하는 것을 용인할 수 없으니 이쯤에서 그만 멈추라는 경고.

"그의 말이 신경 쓰이십니까?"

내가 공작이 사라진 방향에서 눈을 못 떼자 염려스러운 목소리로 라키아가 물었다.

"조금은."

약한 모습을 보이기 싫었지만 거짓말은 더더욱 싫었다. 보복을 염두에 두지 않은 것도 아닌데, 공작이 후에 어떻게 나올지 내심 걱정스러웠다.

"가끔은 내가 겁쟁이가 된 것 같아. 그래서 스스로가 너무 싫어질 때가 있어."

"폐하께선 충분히 노력하고 계십니다. 자책은 하지 마십시오."

"그대가 부러워. 난 언제쯤 그대처럼 될 수 있을까?"

대신들 앞에서 그처럼 당당해질 수 있는 날이 오기는 올까?

이러지 말아야지 하면서도 난 하루에도 수십 번씩 불안감과 초조함에 휩싸인다. 나 또한 아버지처럼 될까 봐 겁이 났다.

"송구하오나 저와 같이 되기는 매우 어려우십니다. 제가 워낙 어려서부터 특출했던지라, 이미 폐하의 연치 때에 주변에 적수가 없었습니다. 그러니 눈높이를 조금만 낮추십시오."

"……."

나름 심각하게 고민을 털어놓던 나는 일순 말문이 막혔다. 내가 잘못 듣고 이해했나 싶어 그의 얼굴을 살폈으나 그런 것 같지는 않았다.

설마 지금 농담을 한 건가?

그렇게 진지한 얼굴로?

그런 거라면 일부러라도 웃어 주어야 할 텐데, 미안하게도 머뭇거리는 사이에 시간이 너무 지났다. 지금은 도리어

그를 민망하게 할 수도 있는 상황.

어쩌지?

당혹감에 내가 이러지도 저러지도 못하고 난처해하는데 갑자기 쿡쿡 웃는 소리가 들려왔다.

낯설지만 왠지 정감이 가는 웃음소리. 처음 보는 라키아의 또 다른 모습에 난 잠시 고민도 잊은 채 그를 넋 놓고 바라보았다. 그런 나를 위해서인지 라키아는 그로부터 한참을 더 그렇게 소리 내어 웃었다.

귓가를 울리는 낮은 중저음의 웃음소리가 무척이나 듣기 좋았다.

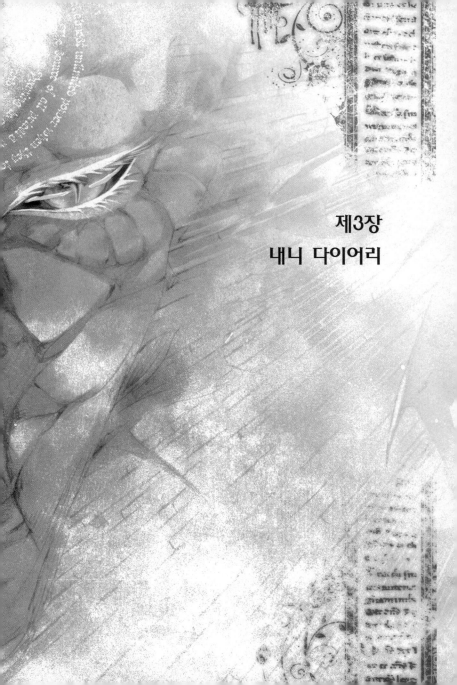

제3장
내니 다이어리

Another Story

1.

xx년 xx월 xx일, 날씨 흐림.

망할 놈의 새자식!

내 말이 그렇게 우습게 들리나?

아니면 내가 어린 소녀라고 무시하는 건가?

손님이면 손님답게 정중하게 굴어야지, 왜 맨날 사고
를 치는데? 나한테 진짜 맞고 싶어서 그러니? 도대체 몇
번을 더 말해야 알아먹겠어!

이젠 참는 데도 한계가 있다고, 이 새자식아!

우리 주인님 바쁘신 분이야. 한가하게 너님과 놀아 줄

내니 다이어리 95

시간 없으신 분이라고. 그러니까 이제 제발 그만 좀 놀러 와라! 일족의 후계자가 그렇게 빈둥거리기만 해서 어쩌려고 그러니?

너님 때문에 한 달에 들어가는 유리 값이 얼마인지나 알아?

우리 주인님이 부자였기에 망정이지, 안 그랬으면 벌써 거지가 되시고도 남았어!

크라우저 후작가의 차기 집사장으로서 이제 더 이상은 용납 못 해. 레어가 망가지는 꼴은 더는 볼 수 없다고!

마지막으로 경고하는데, 한 번만 더 레어를 엉망으로 만들었다간 주인님께서 뭐라고 하시든 간에 너님을 쫓아내고야 말 거야.

난 한다면 하는 여자니까 각오하는 게 좋을걸?

나와의 약속을 이번에도 어긴다면 남은 건 전쟁뿐!

나를 열 받게 한 대가는…….

"내니, 내니!"

열심히 분노의 필기질을 하던 나는 귀를 의심했다.

이게 무슨 소리지?

어째서 새자식의 목소리가?

놀란 내가 급히 뒤를 돌아보았지만 방 안엔 나 혼자뿐이었다. 혹시나 하는 마음에 문까지 열고 복도를 살폈으나 역시나 아무도 없었다.

와, 내가 스트레스가 정말 심하긴 심한 모양이다. 일기를 쓰는 와중에 환청이 다 들리다니.

아무리 새자식이 허구한 날 레어를 찾는다고는 하지만, 이렇게 빨리 또 방문을 할 리는 없다. 아직 그가 망가뜨린 시설물의 수리도 채 끝나기 전이 아닌가. 어젯밤에 떠났으니 적어도 사나흘 정도는 더 있어야 올 것이다.

정신 수양이라도 해야지, 원. 이러다가 꿈속에까지 나타날까 무섭다. 나는 도리질을 치며 다시 책상에 앉아 일기를 마저 쓰기 시작했다.

"나를 열 받게 한 대가는 너님의 죽음으로 갚아야……."

하지만 내가 마지막 문장을 완성하기 직전이었다.

"내니, 내니!"

다시금 나의 귀로 원치 않는 새자식의 음성이 들려왔다. 좀 전에는 내가 잘못 짚었다. 소리는 문이 아니라 창에서 나고 있었다.

설마, 아닐 거야.

난 얼어붙은 얼굴로 창문을 향해 천천히 걸어갔다.

내가 머무는 방은 레어에서도 꼭대기 층에 속한다. 레어 자체가 산 위에 지어졌기 때문에 창 아래는 거의 낭떠러지 수준이었다. 생명체라면 접근하기 어려운 구조라는 뜻이다.

하지만 새자식이라면 가능하다. 그에게는 인간에게는 없

는 날개라는 것이 있으니까.

"그래도 아니겠지."

15년을 알아 왔지만 그가 이런 식으로 들이닥친 적은 한 번도 없었다. 이상한 구석이 많긴 해도 이 정도는 아니다. 바람이 분다거나, 지나가는 새소리를 내가 잘못 들었을 확률이 높았다.

휘이잉.

창문을 열자 차가운 공기가 안으로 밀려들어 왔다. 겨울이 끝났다고는 하나 산속은 여름에도 추운 법이다. 난 부르르 몸을 떨며 옷깃을 여몄다.

쏴애애애액!

형체를 알 수 없는 무언가가 내 앞을 스치고 지나간 것은 그때였다. 그 무시무시한 속도에 돌풍이 일며 드레스와 머리카락이 사방으로 휘날렸다.

"악, 내 머리!"

나는 기함하며 두 손으로 재빨리 머리를 감쌌다. 심각한 곱슬머리인 탓에(나의 가장 큰 콤플렉스다) 바람이 조금만 불어도 엉켜 버리는 통에 난 지금과 같은 상황을 세상에서 제일 싫어한다.

휴우.

다행히 머리가 양 갈래로 곱게 땋아져 있었다. 일기를 쓰면서 조금 흥분을 했더니, 아침에 일어나자마자 손질했던 것을 그만 깜박했다.

난 허리에 두 손을 얹고 허공을 향해 빽 소리를 질렀다.

"켄 님! 이게 무슨 짓이에요!"

나의 목소리가 메아리가 되어 산중에 울려 퍼짐과 동시에 저 멀리서 검은 물체가 날아오는 게 보였다. 가까워질수록 확연히 드러나는 그의 모습에 나는 주먹을 쥐며 전의를 불태웠다.

감히 숙녀의 창문을 몰래 엿보았겠다?

가만두지 않겠어!

"안녕, 아가씨?"

그런 나의 기분을 아는지 모르는지, 다가온 그가 공중에 멈춘 채 날개를 펄럭이며 내게 인사했다. 나를 보는 그의 빨간색 눈동자가 장난스럽게 깜박였다.

저런 뻔뻔한!

어제의 일을 그새 잊었단 말인가?

어떻게 나를 보며 저렇게 생글생글 웃을 수 있지?

내가 얼마나 개고생을 했는데!

순간 난 그를 붙잡고 벼랑 아래로 집어던지고 싶은 충동에 휩싸였다. 물론 그랬다간 내 몸이 성치 않겠지만 말이다 (그럴 능력도 없다).

난 내가 낼 수 있는 가장 뾰족한 목소리로 그에 대한 거부감을 나타냈다.

"안녕 못 하거든요?"

"응? 어째서?"

"그걸 지금 몰라서 물으시는 건가요?"

"그럼 아는데 물어보나?"

하아! 말이나 못하면!

"여긴 제 방이에요. 제가 레어에서 유일하게 아무 방해 없이 쉴 수 있는 저만의 공간이라구요. 그런 곳에 이렇게 함부로 오시면 어떡해요? 더욱이 멀쩡한 문을 놔두고 왜 이리로 오신 거죠? 제가 얼마나 깜짝 놀랐는지 아세요?"

"내니가 놀랄 때도 있어?"

"저는 뭐 사람 아닌가요?"

"응, 가끔 아닌 것 같기도 하거든. 차이의 수하들은 다들 뭔가 정상이 아닌 느낌이야. 내니는 특히 더."

⋯⋯정녕 나와 싸우자는 것일까?

면전에서 저렇게 아무렇지도 않게 상대의 흉을 보는 것도 재주라면 재주일 것이다. 이럴 때마다 생각하는 건데, 그의 머릿속이 어떻게 생겼는지 진심 궁금하다.

진짜 주인님의 친구만 아니었으면 오늘 사달이 나도 아주 크게 났으리라.

"어제 일을 사과하러 오신 줄 알았는데 유감스럽게도 아닌가 보네요."

"사과? 무슨 사과?"

그럼 그렇지.

난 대체 뭘 기대한 걸까?

"그리고 나 방금 칭찬한 건데. 기분 나빴어?"

"인간인 저에게 방금 인간 같지 않다고 하신 분이 누구죠? 게다가 정상이 아니라고도 하신 것 같은데?"

"그만큼 대단하다는 뜻이었어. 그것도 못 알아듣다니, 너니 생각보다 머리 나쁘구나?"

당신보다는 좋거든!

숫자 하나도 제대로 세지 못하는 게 누군데!

태어나서 내가 한 번도 들어 보지 못한 말 중에 하나가 바로 머리 나쁘다는 얘기였다. 반대로 제일 많이 들은 건, 똑똑하다, 영특하다, 야무지다, 귀엽다, 그리고 아주 가끔 사악하다 등이 있다.

주인님도 인정하신 나에게 이런 모욕을 주다니, 부들부들 몸이 떨릴 지경이었다.

"아무튼 됐고, 차이 어디 있어? 아무리 찾아도 안 보이네?"

"절 찾으신 이유가 고작 그거였어요?"

"응, 어디로 가면 만날 수 있어?"

분위기 파악 못하고 천진하게 물어오는 그를 보고 있자니 갑자기 나 자신이 한심하다는 생각이 들었다.

그래, 내가 바보였다. 나이만 (처)먹었지, 정신 연령이 나보다도 한참 어린 그에게 사과 따위를 바라다니.

주인님의 말씀처럼 아직 내가 사춘기를 벗어나지 못한 게 맞는 모양이었다. 지금보다 어릴 때도 그러려니 하며 넘기던 것을 그러지 못하고 있는 걸 보면.

내니, 상대는 그냥 어린애야.

자기가 무슨 짓을 저지르는지도 모르는 철없는 어린애.

그러니 어른스러운 네가 참아.

그러면 마음이 편안해질 거야.

난 속으로 한 다섯 번을 그렇게 중얼거린 뒤에야 창에서 비켜나 그에게 길을 터 주었다.

"안내해 드릴 테니 따라오세요."

매우 기뻐하며 새자식, 아니 켄 님이 파드닥 안으로 날아들었다.

2.

주인님이 계신 곳은 지하였다. 지하에는 본디 레어의 주인이었던 레켄스토 님이 드래곤의 육체로 머무시던 곳이 있는데, 주인님께선 매년 수면기에서 깨어나실 때마다 제일 먼저 그곳에서 수련을 하신다.

방해하지 말라는 말씀이 특별히 없었기에 난 켄 님을 모시고 지하로 내려갔다.

"엇? 쟤도 있네."

주인님께선 혼자가 아니었다. 명상에 잠겨 있는 주인님의 어깨 위로 다소곳이 요정 하디가 앉아 있었다.

그러나 우리를 발견한 순간, 그녀가 빛 가루를 뿌리며 허공으로 날아올랐다. 동시에 감겨 있던 주인님의 눈이 번쩍 떠졌다.

헤에, 돌아오셨구나.

언제나처럼 한쪽 눈동자가 앞머리로 가려져 있었지만 난 알 수 있었다. 주무시는 동안에 흩어졌던 기운을 모두 다 완전히 회복하셨음을. 내가 가장 존경하고 흠모하는 주인님의 평소 모습이었다.

"차이!"

켄 님이 손을 흔들며 앞장서 걸어갔다.

"레어에 이런 곳도 있었네? 나 오늘 처음 안 거 있지."

내가 태어나기 한참 전부터 친구였다면서 그런 것도 모르고 있다니, 역시 한심한 조인족이 아닐 수 없었다.

"안녕하세요, 켄 님. 하디가 오랜만에 인사드려요."

내가 남몰래 한숨을 몰아쉴 때, 하디가 공중을 한 바퀴 빙 돌더니 드레스 자락을 펼치며 인사했다. 무슨 일인지 그녀는 꽤 기분이 좋아 보였다.

"어, 안녕. 또 보네?"

"하디, 그동안 잘 지냈어?"

난 일부러 방긋 웃음까지 지으며 그녀에게 다가갔다. 주인님께서 수면기에 들기 전에 보았으니 나와는 석 달 만에 보는 셈이었다.

하지만 켄 님에게 깍듯이 인사하던 것과는 달리 그녀가 날 본체만체하더니 주인님의 어깨로 쪼르르 날아가는 것이 아닌가.

예상은 하고 있었지만(그래서 과한 미소까지 남발한 건데) 과연 당하고 나니 기분 참 별로였다.

그러니까 내가 열두 살이 되던 해였다. 소파에서 자고 있던 그녀를 내가 미처 보지 못하고 그대로 깔고 앉는 불상사가 일어났다.

아주 잠깐이었지만 그녀를 죽일 수도 있었다는 사실에 당시의 난 굉장한 충격을 받았다. 반면 그녀는 나의 엉덩이가 자신의 얼굴에 닿았다는 것에 펄펄 뛰며 장난도 아니었다.

나는 그녀를 압사시킬 뻔했다는 것 때문에 무서워서 벌벌 떨고 있는데, 정작 그녀는 내 엉덩이가 불쾌하다는 이유로 화를 냈던 것이다.

내 엉덩이가 뭐가 어때서!

그때는 너무 놀라는 바람에 무조건 미안하다고 사과를 했었지만, 따지고 보면 내 잘못만도 아니었다.

요정이면 요정계에서 잠을 자야지 왜 인간계, 그것도 하필이면 눈에 잘 띄지도 않는 소파 같은 곳에서 잔단 말인가?

내가 잘했다는 것은 아니지만, 부주의한 그녀에게도 책임은 분명 있었다. 그런데도 3년이 지난 지금까지 나만 보면 저런 식이니, 미안한 마음이 들다가도 살짝 어이가 없다.

대체 나이들은 어디로 먹는 걸까?

주인님과 대화 중인 켄 님과 하디를 번갈아 바라보며 난 문득 의문에 빠졌다.

혹 인간이 아니어서 그런 것인가?

그나마 켄 님은 아직 백 살도 되지 않았으니 이해하려면 이해할 수 있다. 긴 시간을 사는 만큼 철도 그만큼 늦게 들 수 있으니까.

하지만 하디는 다르다. 레켄스토 님이 살아 계셨을 시대에도 존재했던 그녀가 아닌가. 정확하지는 않아도 적어도 천 살은 훌쩍 넘었으리라.

내 나이 고작 열다섯.

하아, 비교를 하자니 갑자기 탄식부터 흘러나온다. 나이만 먹는다고 다 어른은 아니라고 하더니 정말 그 말이 딱 맞다. 주인님과 어쩌면 이렇게나 다를 수가 있는지 참으로 신기하다.

저 둘 사이에서 얼마나 힘이 드실까?

불현듯 주인님이 안쓰럽게 느껴지기 시작했다.

나라도 잘해 드려야지.

"그런데 어젯밤에 둥지로 떠난 거 아니었나?"

내가 새삼 주인님께 충성을 다짐할 때, 켄 님에게 주인님이 물으셨다. 안 그래도 돌아온 연유가 궁금했던 난 귀를 쫑긋 세우고 이야기에 집중했다.

"놀러 가자!"

"놀러?"

"응!"

"……어디를?"

"우리 집!"

엑? 어딜 가자고?

놀러 가자는 것도 뜬금없는 마당에 장소가 뭐?

주인님의 얼굴을 보니 나만큼이나 황당해하시는 게 보였다.

그도 그럴 것이 켄 님의 집이라면 조인국, 그중에서도 맹금류인 독수리 일족의 거주지를 말함이었다.

조인족에 대해 잠시 설명을 하자면, 수인족(獸人族) 중에서도 인간에게 가장 배타적인 것은 물론, 성질이 난폭하고 포악하여 다른 수인족들조차 꺼리는 종족이었다.

지금 켄 님은 그런 조인족들이 우글거리는 곳에 함께 가

자고 말하고 있는 것이었다.

"둥지로 돌아가다가 기억이 났지 뭐야. 이번에 내가 온 목적이 차이 너를 데려가는 거였거든! 우리 부모님께서 널 보고 싶어 하셔."

"안 돼요! 절대 안 돼요!"

나는 손을 휘휘 저으며 주인님과 켄 님 사이로 뛰어들었다.

"켄 님, 미치셨어요? 어떻게 그런 위험한 곳에 주인님을 데려가려고 하세요? 무슨 일 나면 켄 님이 책임지실 건가요? 그래요?"

"위험하긴 뭐가 위험하다고 그래? 내가 사는 곳인데."

"그걸 지금 말씀이라고 하세요? 켄 님은 조인족이니깐 당연히 안전하시겠죠! 하지만 주인님은요! 주인님은 인간이시잖아요!"

"차이는 내 친구야. 그러니 걱정할 거 없어."

"켄 님이나 그렇지, 그들은 친구 아니거든요? 주인님이 보고 싶으면 켄 님 부모님보고 오라고 하세요. 저는 절대 허락 못 하니까!"

"주인님은 내니의 종이 아닌데, 왜 내니의 허락이 필요하지?"

죽어도 안 된다며 재차 못을 박으려던 나의 귀로 불쑥 하디의 음성이 끼어들었다.

누가 그걸 몰라?

치솟는 짜증에 내가 인상을 확 쓰며 돌아보자 하디가 혀를 샐쭉 내밀며 주인님의 머리칼 뒤로 숨어 버렸다.

얄미운 요정 같으니라고.

지금 이 상황에서 그런 말이 나오니?

그녀의 목을 잡고 짤짤 흔들고 싶은 걸 겨우 참아 내며 난 다시 켄 님을 노려보았다. 청전벽력과도 같은 소리가 흘러나온 것은 그때였다.

"좋아, 가자."

"주, 주인님?"

내가 잘못 들은 거겠지? 그렇지?

하나 나의 귀를 적시는 건 나의 바람과는 전혀 다른 내용이었다.

"켄이 있으니 안전할 거야. 너무 걱정할 필요 없어."

"하지만 거긴……."

"전부터 궁금하기도 했고, 조인국을 구경할 좋은 기회잖아. 다녀올 수 있게 허락해 줘, 내니."

주인님의 의지는 확고했다. 세상사에 별로 관심 없으신 분이 이렇게까지 말씀하신다는 건 정말로 가고 싶으시다는 뜻이었다.

무엇이 주인님의 흥미를 돋우었는지 몰라도 주인님의 결정에 난 기운이 쭉 빠졌다. 배신감마저 들었다.

"이미 가기로 정하신 거잖아요. 거기에 제 허락이 무슨 소용이에요."

"내니가 끝까지 가지 말라고 하면 안 갈게."

"진심이세요?"

"응."

"……그렇지만 가고는 싶으신 거죠?"

끄덕.

쳇, 참으로 야속한 주인님이시다. 그런 표정으로 바라보면 어떤 종이 안 된다고 하겠는가.

내키지 않지만 어쩔 수 없었다. 나도 따라갈 수밖에.

"알겠어요. 다녀오세요."

"오! 허락해 주는 거야, 내니?"

"그렇게 좋아하실 거 없어요, 켄 님. 저도 갈 거니까."

"엑? 내니도?"

"네, 제가 가서 안전한지 아닌지 눈으로 직접 확인해야겠어요. 이번이 마지막 방문이 아닐지도 모르잖아요? 그래도 되겠죠?"

"그거야 상관없긴 한데, 내니야말로 괜찮겠어?"

"위험하지 않다고 한 건 켄 님 아니었나요?"

"맞아, 위험하진 않아. 단지 좀 내니에게는 무섭지 않을까 해서 그렇지."

"주인님이 옆에 계신데 뭐가 무섭겠어요. 전 괜찮아요."

"좋아, 그럼 알았어. 내니도 같이 가자! 무섭다고 울기 없기다?"

"울긴 누가 운다고 그래요?"

버럭 소리를 치긴 했지만 사실 조금 떨리기는 했다.

무사히 돌아올 수 있을까?

아직 출발도 하지 않았는데 벌써부터 긴장이 되는 게 왠지 불길하다.

설마 아무 일 없겠지?

"하디도 가면 안 되나요?"

혹 하나가 더 붙는 것을 뒤로하고 난 짐을 챙기러 위층으로 올라갔다.

3.

"꺄아아악!"

나는 눈을 질끈 감은 채 주인님의 허리를 꽉 붙들었다. 평소 무서운 것 없이 살아온 나라지만 지금으로선 도리가 없었다. 내 몸이 공중으로 치솟고 있었으니까.

그렇다. 나는 지금 하늘을 날고 있었다. 그것도 어마어마한 속도로.

비행에 대한 나의 환상은 완전히 잘못된 것이었다. 신나

고 재미있기는커녕 속이 울렁거리고 팔다리는 몸에서 떨어져 나갈 것만 같았다.

아래를 내려다볼 엄두는 감히 내 보지도 못했다. 세찬 바람에 드레스가 날리며 속치마가 드러나고 있는데도 가릴 여력조차 없었다.

그야말로 내 머릿속은 하얗게 변해 오로지 그 망할 조인국에 도착했으면 좋겠다는 생각 하나뿐이었다.

"내니?"

그렇게 얼마나 지났을까. 주인님의 등에 얼굴을 묻고 바들바들 떨고 있는 나의 귀로 드디어 세찬 바람이 아닌 사람의 목소리가 들렸다. 그리고 그때서야 난 내가 더 이상 날고 있지 않다는 사실을 자각했다.

서둘러 눈을 떠 보니 허공이 아닌 땅이 나를 반겼다. 내 평생 땅덩이가 이렇게 반가운 순간이 올 줄이야. 눈물이라도 날 것 같았다.

"이제 보니 내니 완전 겁쟁이였네? 큭큭."

켄 님의 웃음소리에 나는 완벽하게 현실로 돌아왔다. 망할 조인국이라고 욕을 퍼붓는 와중에도 내가 염려했던 한 가지가 바로 이런 거였다.

이제 틈만 나면 놀려대시겠군.

난 켄 님을 외면하며 라디앙의 등에서 내려왔다. 라디앙은 켄 님과 같은 조인족으로 나와 주인님을 돕기 위해 켄 님이 특별히 부른 친구였다.

황새 일족이라는 그는 몸체가 켄 님보다 거의 세 배 이상 컸고, 털빛은 특이하게 흑청색을 띠었다. 그의 깃털은 굉장히 부드러워서 꼭 푹신한 양탄자 위에 앉은 기분이었다.

라디앙이 아니었더라면 오늘 우리는 조인국에 들어오지도 못할 뻔했다. 엄청난 높이 위에 세워진 조인국은 날개가 있는 조인족이 아니라면 절대 오갈 수 없는 구조였던 것이다.

내가 얼마나 높게 올라온 거지?

문득 드는 궁금함에 살짝 밑을 내려다보던 나는 현기증을 느끼고 뒤로 물러났다. 짐작은 했지만 끝이 보이지 않을 정도의 까마득한 높이였다.

사방은 전부 깎아지른 절벽이었고, 식물이라고는 풀 한 포기 보이지 않았다. 대관절 이런 곳에서 어떻게 생명체가 살아갈 수 있는지 신기할 노릇이었다.

"라디앙, 고마워! 나중에 내가 거하게 한턱낼게!"

주인님까지 땅으로 내려서자 라디앙이 기지개를 펴듯 눕혔던 몸체를 세웠다. 나와 주인님을 태우고도 가뿐하게 날았으니 크다는 건 알았지만, 한 번 비행을 하고 나서인지 그가 더욱 거대하게 느껴졌다.

"태워 주셔서 고맙습니다."

비록 다시는 경험하고 싶지 않을 만큼 무서운 시간이었

다고는 하나 감사하지 않은 건 아니었다. 돌아갈 때도 그의 도움을 받아야 할 테니 미리부터 친해지는 것도 나쁘지 않을 것이다.

"이제 무서움은 좀 사라졌나요?"

"제가 많이 시끄러웠죠? 죄송합니다."

라디앙의 음성은 덩치와 어울리지 않게 무척 상냥했다. 나긋하면서도 차분한 어조가 듣는 사람의 마음까지 포근하게 해 준다고 할까.

이제 한마디 말을 섞었을 뿐이지만, 그에게선 난폭하고 포악한 조인족의 모습은 찾아볼 수 없었다. 내가 보았던 어떤 사람보다 그는 자상하고 부드러웠다.

"올라올 때는 어쩔 수 없었지만, 내려갈 때는 속도를 조금 더 줄여 보도록 하지요. 그럼 좋은 시간 보내십시오. 저는 이만."

고개를 끄덕이는 것으로 인사를 마치고는 그가 절벽 아래로 뛰어내렸다. 그가 조인족이라는 사실을 망각하고 내가 '앗' 하며 비명을 지르는 찰나, 바람을 가르며 그가 다시 솟구쳤다.

우와!

하늘을 나는 새를 보고 멋지다고 느낀 것은 이번이 처음이었다. 크고 강인한 두 날개를 활짝 펼친 채 날아가는 라디앙의 모습은 한순간 나에게 강렬한 인상을 심어 주었다.

두고두고 보고 싶을 만큼.

"자, 그럼 우린 이제 그만 가 볼까?"

라디앙이 사라진 방향에서 내가 아쉬움에 눈을 떼지 못할 때, 켄 님이 출발을 알렸다.

길의 대부분이 난간도 없는 낭떠러지 바로 옆을 걷는 것이어서 오금이 저렸지만, 비행을 하고 나서인지 생각보다 겁이 나지는 않았다(어린 내가 걱정이 되셨는지 주인님께선 내내 나의 뒤에 바짝 붙어 계셨다).

벼랑길이 사라지고 난 다음으로 나타난 건 뱀처럼 구불구불한 좁은 동굴 길이었다. 딱 사람 한 명 정도만이 지날 수 있는 협소한 공간이었는데 굉장히 어두컴컴했다. 바닥조차 평평하지 않은 그곳을 주인님과 켄 님은 신기할 만큼 아무 불편함 없이 지나가셨다.

어느새 나의 눈도 어둠에 익숙해져 갈 무렵, 드디어 앞쪽에서 희미한 불빛이 보이기 시작했다.

"저기야. 다 왔어."

뒤돌아보는 켄 님의 목소리가 들떠 있었다. 발걸음 또한 갑자기 빨라지신 게 한시라도 빨리 조인국을 소개하고 싶으신 모양이었다.

라디앙에 대한 좋은 인상 때문인지 나도 살짝 기대감이 생겼다. 이제까지는 조인족이라면 치를 떨던 나인데, 잠깐 사이에 놀라울 정도로 생각이 바뀌었다.

앞으로 만나게 될 조인족도 부디 라디앙만 같기를 바랄 뿐이다. 또한 그렇기만 한다면 그동안 오해하고 있었던 것에 대한 사죄로 더 이상 일기장에 켄 님을 새자식이라 쓰지 않겠다. 아무리 화가 나는 일이 있더라도 말이다. 이건 스스로에게 내가 하는 약속이었다.

"내니, 눈을 잠시 가리는 게 좋겠어. 태양빛이 강해."

주인님의 충고에 난 이마에 손을 얹고 천천히 굴 밖으로 나갔다. 그리고 잠시 후, 새롭게 나타난 풍경에 난 일순 말문을 잃었다.

지나온 곳과는 완전히 다른 곳이었다.

절애로 둘러싸인 요새 중의 요새.

내가 독수리 일족의 거주지를 본 첫 소감은 이곳은 절대 누구도 침략할 수 없겠구나, 라는 것이었다.

푸르른 나무들이 군데군데 풍성하고, 협곡 사이로는 구름다리가 마치 거미줄처럼 겹겹이 엉켜 있는 데다가, 크기와 모양도 가지각색인 집들이 절벽에 혹은 다리 위에 위태롭게 지어져 있었다.

켄 님과 같은 새의 발을 가진 사람들이 걸어 다니고, 하늘에는 온통 독수리들 천지였다.

타 수인족과 달리 조인족은 일족별로 마을을 형성하여 살아간다고 하더니 정말로 다른 새들은 보이지 않았다.

어디선가 네발짐승의 울음소리가 들리는 것으로 보아 가

축을 사육하고 있는 것 같기도 했다.

"여기가 내가 사는 곳이야. 어때? 레어에 비하면 좀 정신 없지?"

"아니, 전혀. 멋지다."

"정말?"

"그래. 둥지는 저쪽인가?"

주인님이 가리키는 곳은 협곡의 정상 부근이었다. 그곳에 보기만 해도 엄숙함이 느껴지는 거대한 집 한 채가 지어져 있었다.

"응, 맞아. 내가 아직 독립하기 전이어서 부모님과 함께 살고 있어. 가자, 기다리고 계실 거야."

"혹시 또 날아가야 하나요?"

나의 물음에 주인님과 켄 님이 동시에 웃음을 터뜨렸다.

"조금 위험하긴 하지만 걸어서 갈 수는 있으니까 걱정하지 마."

"위험이요?"

"응, 보기에도 그렇잖아. 생각보다 꽤 높아, 저기."

"설마 그 위험하다는 게 맨손으로 절벽을 타야 한다거나 뭐 그런 건 아니죠?"

"어라? 맞는데? 왜, 내니 절벽 못 타?"

그걸 지금 말이라고 하세요!

고개를 갸웃거리며 묻는 켄 님의 얼굴을 순간 나도 모르게 한 대 칠 뻔했다.

맨손으로 절벽을 탄다는 게 보통 사람도 어려울 텐데,
나 같은 소녀가(연약한 소녀다) 가당키나 하겠는가?

제발 모든 걸 본인 기준에 맞추지 말라고 내가 몇 번을
얘기했어요! 이타심이란 걸 좀 배워 보란 말이에요!

여기가 조인국만 아니었더라면 한바탕 퍼붓는 건데, 그
러지 못하는 게 한스러울 따름이었다.

"어쨌든 가자고!"

초지일관 무식쟁이. 15년을 봐 왔지만 정말이지 정이 안
가는 켄 님, 아니 새자식이었다.

4.

어찌어찌하여 나는 무사히 도착했다. 절벽을 타는 동안
(주인님께서 많이 도와주셨다) 켄 님이 자꾸 옆에서 쫑알거리
며 참견하는 통에 인내의 고리가 열두 번도 더 끊어졌다 이
어지기를 반복했지만, 난 과감히 잊기로 했다.

아직 여기는 조인국이었고, 켄 님은 하늘이 두 쪽 나도
절대 정신을 차리지 않을 테니까.

똥이 더러워서 피하는 거지, 무서워서 피하는 건 아니지
않은가? 켄 님은 나에게 똥이었다. 그것도 아주 큰 똥!

"들어가자!"

내가 속으로 무슨 생각을 하고 있는지 알지도 못한 채 켄 님이 방글거리며 우리를 안내했다.

"안까지는 조금 걸어야 해."

안 그래도 다리에 힘이 없어 죽겠는데 대체 얼마를 더 가야 하는 건가요. 난 주인님께 업어 달라고 하고 싶은 걸 꾹 참고 휘적휘적 걸음을 옮겼다.

시끌시끌하던 아래와는 달리 둥지는 무척 조용했다. 일족의 수장이 사는 곳이라면서 경계를 서는 이들이 아무도 없다는 게 조금 이상했지만, 어차피 나와는 상관없는 일이기에 신경 끄기로 했다.

둥지는 바깥도 그랬지만 벽이며 천장, 바닥이 온통 검정색 일색이었다. 무슨 재질인지는 몰라도 그것들이 은은한 빛을 내뿜고 있어 크게 어둡다는 느낌은 들지 않았다. 약간 삭막하긴 했지만.

"켄 님, 이제 오십니까?"

그렇게 얼마쯤 걷고 있는데, 갑자기 어디선가 기척도 없이 웬 사내가 나타났다.

짧은 갈색의 깃털 머리에 말굽 형태의 붉은색 문양이 이마 한가운데에 새겨진 사내였다. 켄 님의 흐릿한 나비 문양과는 달리 모양이며 색이 직인을 찍은 것처럼 아주 선명하고 또렷했다. 인간인 우리를 보고도 놀라지 않는 걸로 보아

이미 방문을 알고 있던 눈치였다.

"내가 좀 늦었지? 아버지랑 어머니는?"

"홀에 계십니다."

"혹시 로아도 함께 있나?"

"네, 아스 님께 술을 배우고 계십니다."

"으잉? 뭘 배운다고?"

아스가 누구인지는 모르겠지만(정황상 아버지인 것 같기는 하다) 로아라면 나도 알고 있다. 언젠가 켄 님이 나와 같은 해에 태어난 남동생이 하나 있다고 하였는데, 그 아이의 이름이 로아였다.

"아니, 아버지는 이제 열다섯 살밖에 안 된 애한테 무슨 술을 가르치신다고! 아우, 얼른 가서 말려야겠다. 이언, 차이 좀 부탁할게!"

켄 님이 주인님과 나를 사내에게 떠넘기고 어딘가를 향해 뛰어갔다.

"가시죠."

말발굽 문양의 사내, 이언의 정중한 인도로 우리도 곧 홀이라는 곳에 당도했다. 이제껏 지나온 곳과는 완전히 다른 분위기에 엄청난 높이를 자랑하는 곳이었다.

하지만 나의 눈길을 사로잡은 건 홀의 화려한 장식도, 아득한 고도의 천장도 아니었다.

귓가를 울리는 천상의 하모니.

나는 홀린 듯이 노랫가락을 따라 홀 안쪽으로 걸어 들어갔다.

"왔어?"

먼저 도착한 켄 님이 미안한 표정으로 말했다.

"잠깐만 기다려. 아버지와 어머니가 함께 노래 중일 때는 방해하면 안 되거든. 곧 끝날 거야."

"저분들이 부모님이세요?"

"응, 그 옆에 앉아 있는 애는 동생 로아. 예전에 내가 말한 적 있지? 내니랑 동갑짜리 동생이 있다고."

"네, 기억해요."

"오늘 저 녀석에게 술을 가르치고 있으셨나 봐. 그러다가 본인들께서 더 드신 것 같긴 하지만. 벌써 다섯 곡째 저러고 계신대. 정말 못 말리는 두 분이야."

부모님들의 노래가 켄 님은 불만이었는지 모르겠지만, 나에게는 전혀 아니었다. 그들의 고운 미성에 나는 매료되었다.

켄 님도 그렇고, 나를 태워 주었던 라디앙이나 이곳으로 안내해 준 이언, 그리고 켄 님의 부모님들까지.

다들 어쩌면 이렇게 하나같이 목소리가 좋은 걸까?

조인족의 노래에는 치유의 힘이 있다고 하던데, 그 때문일까?

그들만의 고유의 언어로 노래를 부르고 있어 내용은 알

수 없지만, 그간의 짜증이 싹 씻기는 느낌이었다. 서로를 애정 어린 눈으로 바라보며 다정히 노래하는 모습이 세상의 무엇보다 아름답게 보였다.

"어머! 켄 왔구나?"

어느덧 노래가 끝이 났다. 남편의 입술에 진한 키스를 퍼붓던 켄 님의 어머니가 깜짝 놀라며 눈을 동그랗게 떴다.

인간으로 치면 한 이십 대 중반 정도 되었을까?

그녀는 켄 님의 모친이 맞나 싶을 정도로 닮은 점이 거의 없었다. 피부부터가 황갈색이 아닌 눈처럼 하얬으며, 허리까지 내려오는 깃털 머리칼은 노란빛을 띠고 있었다.

그녀는 특이하게 문양이 가슴 부근에 새겨져 있었는데, 옷에 가려져서 완전히 보이지는 않았다.

그녀의 파란 눈동자가 나와 주인님을 영민하게 살폈다.

"아버지, 어머니. 여기가 제가 말씀드렸던 친구 차이예요. 이 아가씨는 내니구요. 차이가 조인국에 온다니깐 걱정이 되었는지 따라왔어요."

"오호, 만나서 반갑네. 나는 켄의 아버지, 아스라고 하네."

역시 이름이 아스가 맞았다. 그가 입가에 푸근한 미소를 지으며 주인님에게 인사했다.

아스의 문양은 켄 님만큼이나 독특했다. 왼쪽 눈과 뺨에 몰린 문양을 보고 처음에는 누군가와 싸우다가 생긴 흉터

인가 싶었는데, 자세히 보니 번개 문양이 여러 각도로 뒤엉켜 그려진 것이었다.

문양의 색이 진할수록 조인족의 강함을 나타낸다고 하더니, 과연 일족의 수장답게 그의 문양은 짙은 흑색을 띠었다.

"차이 반 크라우저입니다. 이렇게 친히 초대해 주셔서 감사합니다."

"나는 페냐예요. 말썽쟁이 켄을 낳은 엄마죠. 여기까지 오기 힘들었을 텐데 와 줘서 고마워요. 로아? 너도 인사해야지?"

켄 님이 아버지를 닮았다면 로아는 페냐를 꼭 빼닮았다. 아직 나이가 어려 아무런 문양이 없는 그의 얼굴은 여인처럼 선이 곱고 가늘었다.

쳇, 여자인 나보다도 예쁘다니. 살짝 심통이 났지만 난 손님답게 예의를 잃지 않았다.

"로아라고 합니다. 형의 목숨을 살려 주시고 그간 보살펴 주신 점 감사합니다. 오시느라 고생했을 텐데 이리로 와서 앉으세요. 곧 식사가 나올 겁니다."

켄 님과 피를 나눈 형제가 맞는지 의심이 일 정도로 어른스러운 말투였다. 그것뿐이 아니었다. 믿을 수 없게도 그는 여자인 나를 위해서 손수 의자까지 빼주는 매너를 선보였다.

"고생은 무슨! 이럴 때 하늘도 날아 보고 그러는 거지. 재밌는 경험이지 않았어, 차이?"

감사함의 뜻으로 로아에게 미소를 지어 보이던 나의 입가가 경련으로 작게 떨렸다.

뭐? 재미?

무서워서 비명을 지르던 내 모습은 그새 잊으신 겁니까?

눈빛으로 살인이 가능하다면 아마 오늘 켄 님은 여러 번 나에게 고마워해야 할 것이다. 적어도 내가 수십 번은 살려 주었으니까.

남 생각 안 하는 건 진즉부터 알고 있었지만 오늘은 유달리 밉상이었다.

에이, 밥이나 먹어야지.

조인국의 음식은 생각보다 꽤 맛이 좋았다. 긴장이 풀리면서 급격히 배가 고파진 나는 나오는 음식들을 정신없이 모두 먹어 치웠다.

그런 나를 로아가 자꾸 쳐다봤지만, 난 먹을 거 앞에 약한 소녀였다. 그가 보거나 말거나 정말 열심히 먹었다.

"켄의 말로는 인간이면서 백 년도 넘게 살았다고 하던데, 사실인가요?"

나와 달리 페냐는 음식에 손 하나 까딱대지 않았다. 식사 중이던 주인님이 잠시 물 잔을 내려놓는 틈을 타 그녀가 물었다.

"선조께서 모시던 분의 영향으로 그리되었습니다."

"모시던 분이라면 블랙 드래곤 말인가요?"

"네, 제 선조께서 그분의 가디언이셨습니다."

"그 나이에도 그런 젊음을 유지하고 있다니. 정말 부럽군요."

지금도 충분히 젊고 아름다우면서 무슨 걱정이람?

"여보, 나도 그럴 수 있을까요?"

남편에게 기대며 울상 짓는 그녀가 난 솔직히 이해가 안 갔다. 저 미모를 보아라. 어디 저게 자식 둘을 낳은 여인의 외모인가?

젊은 육체로 오래 살아간다는 건 인간인 내가 수인족들에게서 가장 부러워하는 점이었다.

"당신은 나이가 들어도 예쁠 테니까 걱정하지 않아도 돼."

술 한 잔을 들이켰던 아스가 페냐를 끌어안으며 위로했다.

"주름이 자글자글할 텐데?"

"난 그 주름까지 사랑할 거야."

"피부는? 피부도 축 처질걸?"

"그럼 난 매일 밤 당신의 그 처진 피부를 쓰다듬으며 행복감에 잠이 들겠지. 난 당신이 어떤 모습을 하고 있든, 있는 그대로를 사랑하거든."

"언제는 내가 예뻐서 좋다면서요?"

"그건 잠깐이지. 내가 반한 건 당신의 순결한 마음과 따듯한 배려심 때문이라니까?"

"정말요?"

"당연하지! 지금 내 사랑을 의심하는 거야?"

"아니요, 그런 거 아니에요. 그냥 난 내가 늙어 가는 게 슬퍼서 그래요."

"나는 당신의 영원한 숭배자야. 그러니 아무 걱정하지 말고 내 옆에만 있어. 알겠지?"

"네, 여보. 당신을 만나서 정말 다행이에요."

"나야말로 행운의 사나이지."

……뭐, 뭐지? 이 분위기는?

닭살이 돋다 못해 닭이 되어 버릴 것만 같은 상황이었다. 웬만해서는 하기 힘든 대사를 너무도 아무렇지도 않게 내뱉는 둘을 보며 난 지금이 식사 중이라는 것도 잊었다.

문제는 그다음이었다. 포옹으로 시작한 것이 어느새 키스로 변질되어 가더니 점점 그 농도가 짙어졌다. 열다섯 살의 어린 내가 계속 보았다가는 큰일 날 것 같았다.

어, 어쩌지?

당황한 내가 어찌할 바를 몰라 고개를 돌리는데 켄 님이 손으로 일어나라는 신호를 보냈다. 이미 로아는 저만치 앞서 걸어가고 있었다.

인사도 없이 그냥 가도 되는 걸까?

나의 고민이 얼굴에 드러났는지 켄 님이 다가와 속삭였다.

"앞으로 한 시간은 더 저러실 거야. 볼 자신 있으면 계속 앉아 있든가."

헐, 아니요!

난 세차게 고개를 저으며 벌떡 일어나 뒤도 안 돌아보고 홀을 빠져나갔다. 앞으로의 진행이 내심 궁금하긴 했지만, 아직 난 순수한 소녀로 남고 싶었다. 아직은.

5.

xx년 xx월 xx일, 날씨 화창.

조인국에 놀러온 지도 벌써 사흘이 지났다. 첫 식사 자리에서 뜨거운 애정 행각을 벌여 날 당혹시켰던 아스와 페냐는 이후로도 몇 번이나 나를 더 그런 곤란한 상황에 처하게 했다.

물론 이제는 어느 정도 적응을 하였기에 첫날처럼 얼굴이 홍당무가 되는 변고는 일어나지 않았지만, 여전히 민망하기는 마찬가지였다.

켄 님의 말로는 두 분이 결혼하신 지도 벌써 50년이 넘었다고 하던데, 그 긴 세월 동안 변함없이 서로를 사랑하는 모습이 신기하면서도 참 존경스럽다.

주변 사람을 좀 피곤하게 만드는 것만 뺀다면 바람직한 부부의 모습이 아닐까?

xx년 xx월 xx일, 날씨 강풍.

오늘은 바람이 엄청나게 불었다.

이놈의 바람이 얼마나 세게 부는지, 날아가는 나를 주인님이 한 번, 로아가 세 번이나 붙들어 주었다.

이게 다 켄 님, 아니 새자식 때문이었다!

낡은 치마가 계속 뒤집혀서 서 있기도 힘든 판국에, 그놈의 비행 연습인지 뭔지를 해야 한다는 이유로 나와 주인님을 계속 끌고 다닌 것이다.

그것도 가장 험한 골짜기로만!

로아만 아니었으면 오늘 새자식은 내 손에 완전히 뭉개지는 날이었다. 어떻게 그런 새자식에게 로아 같은 동생이 있는 건지 신기하고 또 신기하다.

말이 나와서 말인데 로아는 참 좋은 아이였다.

나의 질문에 무엇이든 친절하게 답해 주고, 인간인 내

가 불편하지 않도록 세세하게 챙겨 주기까지 해서 하루에도 날 수십 번씩 감동시킨다.

고마움의 뜻으로 다음번에는 내가 로아를 레어로 초대하기로 했다. 그날이 어서 빨리 왔으면 좋겠다.

xx년 xx월 xx일, 날씨 흐림.

어느덧 조인국에서의 마지막 밤이 되었다.

레어가 그립기는 하지만, 막상 떠나려니 아쉬운 마음도 든다. 절벽 타기도 이제는 웬만큼 할 수 있게 되었는데.

돌아가면 하디에게 뭐부터 자랑을 해야 할까?

킥킥, 하디만 생각하면 웃음부터 나온다.

아마 하디는 지금까지도 주인님이 자신을 불러 주길 기다리고 있을 것이다. 조인국에 엄청 오고 싶어 했으니까.

그치만 조인국에 도착하는 대로 그녀를 소환해 주겠다고 약속하셨던 주인님은, 어째선지 그걸 완전히 잊으셨다(야호!).

물론 난 첫날부터 지금까지 내내 기억하고 있었지만 일부러 말하지 않았다.

내가 왜?

내가 왜 나만 보면 짜증 내는 요정을 위해 그래야 한단 말인가!

그동안 하디가 나에게 저질렀던 무개념 행동에 대한 나의 짜잘한 복수다.

어린 인간 소녀라고 얕보면 큰코다친다고!

제4장
요정의 짝사랑

Another Story

1.

제 이름은 하디라고 해요. 자수정의 요정이죠. 요정이 뭐냐고요? 어머, 요정에게 요정이 뭐냐고 묻는 실례를 범하다니! 당신, 정말 무례하군요?

뭐라고요? 요정을 처음 보는 거니깐 그렇다고요?

이것 보세요. 입장을 바꿔 보세요. 제가 당신에게 인간이 뭐냐고 물으면 기분 좋겠어요? 거봐요, 별로죠?

에이, 아니긴 뭐가 아니에요. 얼굴 보니 딱 그런데.

됐구요. 일부러 그런 건 아닌 것 같으니까 제가 한 번 봐줄게요. 대신 처음이자 마지막으로 설명할 테니 잘 들으세요. 아셨죠?

에헴, 요정은 말이에요. 인간이 인간계에 살고 있듯이 요정계라는 곳에서 따로 살아가는 생명체를 뜻해요. 인간들이 다 비슷하게 생긴 반면에 우리는 '이즐'에 따라 생김새도 아주 다양하죠. 능력도 다르고요.

이즐이 뭐냐고요? 엄, 이즐이란 건 말이죠. 쉽게 말해서 본체라고 할 수 있어요. 자수정의 요정인 제게는 자수정이 바로 이즐이죠.

작고 어여쁜 자줏빛의 수정.

어때요? 듣는 순간 제가 떠오르지 않나요? 맞아요, 제가 속한 이즐이 작기 때문에 저도 이렇게 사이즈가 아담한 거랍니다.

오호호. 귀엽다고요? 안 그래도 그런 말 자주 들어요. 지겨울 정도죠. 요정계에선 귀염둥이 하디로 통한답니다.

아니요, 모두가 저처럼 생긴 건 아니에요. 자수정도 제각기 다른 모양을 하고 있잖아요? 게다가 저는 아주 작은 축에 속한답니다.

아, 혹시나 하고 말하는데 작다고 오해하지는 마세요. 요정의 능력은 크기에 비례하는 것이 아니니까. 그건 인간도 마찬가지죠?

헤에, 어떻게 알긴요. 주인님이 인간이시잖아요. 그리고 저만 요정이지, 주인님의 수하들 대부분은 인간인걸요. 특별히 그들과 친하게 지내는 편은 아니지만 알 만큼은 알고 있답니다.

제 능력이 궁금하다고요?

아니요. 말하기 껄끄러운 건 아니에요. 그냥 이런 관심을 받아 보는 게 너무 오랜만이라서 감격했어요. 주인님 곁에 있는 인간들은 죄다 목석들이라서 제게는 관심조차 없거든요. 다들 제 할 일로 바쁜 사람들이죠.

후우, 그래서 저는 인간계에 놀러 와도 별로 재미가 없답니다. 아시잖아요. 우리 주인님 무뚝뚝하신 거.

이런, 무슨 이야기 하다가 이렇게 됐죠? 아, 능력! 제 능력이 궁금하다고 하셨죠?

음, 뭐라고 설명해야 좋을까요. 흔적? 기억? 인간인 당신에겐 아마 생소할 거예요. 제가 가진 능력은 요정계에서도 흔한 건 아니거든요.

저는 물체에 깃든 기억이나 흔적을 읽을 수 있어요. 최근에 있었던 것일수록 선명하고, 시간이 오래 지났거나 누군가가 일부러 지운 것들은 보지 못할 때도 있죠.

이번에 주인님께서 저를 부르신 이유도 바로 제 능력 때문이에요. 수면기에 드신 동안 벌어졌던 일을 알고 싶어 하셨거든요.

보기보다 꽤 능력 있는 요정이랍니다. 작다고 무시하시면 큰코다쳐요!

그런 생각은 하지 않았다고요? 어맛, 첫인상부터 남다르게 느꼈다니, 당신 인간치고 보는 눈이 있군요?

호호호, 매의 눈이라고 부르라고요? 유머러스하기까지!

실은 저도 하나 고백하자면 당신처럼 아름답게 생긴 인간 여성은 오늘 처음 보는 거랍니다. 주인님의 수하들은 내니 빼고 다 남자들뿐이거든요.

그래서 말인데, 우리 친구가 될 수 있을까요? 아까 이름이 뭐라고 그랬죠?

2.

만나서 반가워요, 엘! 얼굴만큼이나 참 예쁜 이름이군요.

과찬이라니요. 요정은 절대 거짓말을 하지 않는답니다. 당신은 정말 아름다운 여성이에요.

어머나, 또 저를 칭찬하는 건가요?

네에, 조금 전에도 말했지만 제가 좀 예쁜 편이죠. 요정계에서도 나름 알아주는 미모랍니다. 요정이라고 다 아름다울 거라는 편견은 버리세요. 제 입으로 차마 이런 말까지는 하고 싶지 않았는데, 요정계에도 폭탄은 존재한답니다. 언제 시간 되면 꼭 한번 보여 드리고 싶네요.

부끄러우니까 제 자랑은 그만하고, 당신 얘기를 해 보는 건 어때요? 새로 사귄 인간 친구에게 궁금한 게 저는 아주 많거든요. 제가 원래 호기심이 많아서요.

후암, 뭐부터 물어보지.

으음, 그래. 엘 양, 당신은 하는 일이 무엇인가요? 인간들은 저마다 직업을 갖고 있던데. 집사? 가정부? 요리사? 마부? 정원사?

제가 알고 있는 인간이라곤 주인님의 수하가 전부라서 아는 게 이 정도뿐이네요. 여기 없다고요? 그럼 무슨? 에? 정보 길드 마스터? 그건 어떤 직업인가요?

……와아! 엘, 당신 정말 대단한 사람이었군요! 정보를 다루는 것만으로도 어려울 텐데 마스터라니! 당신이 제 친구라는 사실이 자랑스러워요! 어쩐지 똑똑해 보이더라. 저도 첫인상부터 남다르게 느꼈다니까요? 후후.

친구가 된 기념으로 저도 돕고 싶어요. 정보를 수집하는 게 당신의 일이라니 아무거나 물어보세요. 제가 아는 건 다 얘기해 줄 테니까.

그럼요, 말했잖아요. 요정은 거짓말하지 않는다고. 저는 무엇이든 답할 준비가 되었답니다. 망설이지 마세요.

후훗, 역시 첫 질문이 그거일 줄 알았어요. 켄 님도 그걸 제일 먼저 물으셨지요. 요정이 인간을 주인으로 섬기는 게 그렇게 신기한 일인 걸까요?

아, 켄 님이요? 아까 보지 않으셨나요? 주인님 옆에 서 계셨는데.

네, 그 조인족이요. 그분의 이름이 켄 모로. 독수리 일족의 계승자이십니다.

저도 조인족을 본 건 그분이 처음이었어요. 신기해서 머리털까지 뽑았었다니까요? 네, 그 하얀색 깃털이요. 엘도 봤구나. 그거 되게 신기하지 않던가요?

직접 만져 보니깐 굉장히 부드러우면서 엄청 가볍더라고요. 살짝 좋은 냄새도 나고.

헛, 그분과 가까운 사이냐고요? 처, 천만에요!

주인님의 친구시니 자주 뵙긴 하지만 절대 가까운 사이는 아니에요! 오히려 원수에 가깝죠!

나이가 백 살이 넘으신 분이 제가 무슨 말만 하면 파르르하는 게 얼마나 유치하다고요! 나이는 그저 숫자일 뿐, 그분의 정신연령은 아직도 저 밑바닥을 헤매고 계시답니다.

며칠 함께 지내다 보면 엘도 알 수 있을 거예요. 제가 장담하죠. 미리 경고하는데 웬만하면 엮이지 마세요. 조금 피곤해질 수도 있으니까.

근데 어쩌다가 켄 님 이야기가 나왔죠? 아아, 그래. 주인님을 섬기게 된 동기에 대해 물었죠?

후후, 그 질문에 대한 답은 간단해요. 본래의 주인님께서 그리하라 명하셨기 때문이죠.

네에, 맞아요. 블랙 드래곤 레켄스토 님이 제가 모시던 분이에요. 역시 정보 길드 마스터답게 알고 있군요. 이러다

제 나이까지 맞히시는 거 아니에요?

우와! 말이 끝나기가 무섭게!

어떻게 아셨죠? 정확하지는 않지만 대충 비슷해요. 그냥 찍은 것치고는 상당히 근접한데요? 켄 님이 여기 계셨다면 완전 놀라셨을 거예요. 쿡쿡, 그분의 계산 실력은 정말 눈 뜨고 못 봐 줄 정도거든요. 한 자리 수를 세야 할 때도 열 손가락이 필요하신 분이랍니다.

조인족이 전부 그런 건지는 모르겠어요. 분명한 건 켄 님의 머리가 썩 좋지 않다는 사실이죠.

앗, 설마하니 제가 한 얘기 어디 가서 하는 건 아니겠죠?

엘을 믿지 못하는 건 아니에요. 그냥 이런 이야기는 켄 님 귀에 들어가서 좋을 게 없으니까요. 보나마나 펄쩍 뛰실 테니까.

조인족 화난 거 한 번도 본 적 없죠? 어휴, 말도 마세요. 조금만 소리를 질러도 주변의 유리란 유리는 다 깨지고, 그 진동에 머리까지 아프다니까요.

그럼요, 요정도 당연히 두통이 있죠. 저도 아픔을 느끼는 살아 있는 생명체인걸요. 인간과 조금 다를 뿐이에요.

이야기가 잠깐 옆으로 샜는데, 어쨌든 켄 님이 그럴 때면 저는 요정계로 피신할 수밖에 없어요. 주인님이 시끄러운 걸 싫어하시거든요.

소란을 피운 건 켄 님인데 왜 제가 그래야 하냐고요? 그

거야 켄 님은 주인님의 백년지기 친구이고, 저는 명에 따라야 하는 종이니까요.

그렇게 바라보지 않아도 돼요. 하루 정도면 잠잠해지기 때문에 금방 다시 돌아올 수 있답니다. 저와 켄 님의 반복되는 일상 중 하나죠.

네에, 요즘은 제가 노력해서 덜하지만 예전에는 거의 매일 그래 왔어요. 이상하게 제가 뭐라 말만 하면 언성을 높이시더라고요.

왜, 그런 거 있죠? 서로 상성이 안 맞는.

켄 님과 제가 그런 것 같아요. 혹시 엘은 그런 상대 없었나요? 이런, 멍청한 사람은 옆에 두지 않는다구요?

큭큭, 그렇군요. 켄 님이 지금 엘이 한 말을 들었어야 하는데 아우, 아쉽네요. 시끄럽긴 해도 화를 내는 모습이 조금 귀엽긴 하거든요.

음? 왜 그런 눈으로 바라보죠? 제가 무슨 말을 잘못했나요? 아무것도 아니라고요? 흐음, 아무것도 아닌 얼굴이 아닌데……. 엇? 누가 왔네요?

와, 엘의 친구요?

실례가 안 된다면 엘 양, 저도 소개를 부탁해도 될까요?

3.

안녕하세요, 아사 님. 저는 자수정의 요정 하디라고 합니다. 만나 뵙게 되어 반가워요. 엘처럼 친하게 지냈으면 좋겠…… 뭐, 뭐라구욧! 지금 뭐라고 하셨나요? 저보고 뭐요? 버, 벌레라구요?

꺄아악! 어떻게 그런 말을 면전에서!

엘, 정말 당신 친구 맞아요? 나처럼 예쁜 벌레가 세상에 어디 있다고! 이런 막말은 켄 님에게조차 듣지 못했다구요! 이분 제정신인가요?

아무리 작아도 그렇죠! 딱 봐도 눈, 코, 입이 제대로 붙어 있는데 벌레라니요! 태어나서 이런 모욕은 처음이에요!

어머머, 뭘 그런 거 갖고 그렇게 열을 내냐고요? 이보세요! 사과를 해도 모자랄 판국에 뭘 믿고 그렇게 당당한 거죠? 개념은 집에 놔두고 오신 건가요?

그래요, 저 날개 달렸어요! 보여 드릴까요?

자요, 이렇게 생겼습니다. 한번 날아도 볼까요? 왜요? 진짜 벌레 같기라도 한가요? 네?

……뭐요? 빛 가루가 날리는 게 신기하고 예쁘다고요?

크흠, 빛 가루를 신기하게 여길 줄은 몰랐네요. 맞아요, 날갯짓을 한 자리에는 잠시지만 이렇게 빛의 궤적이 남는답니다. 제가 벌레 따위와 비교될 수 없는 아주 큰 차이점이

죠.

요정이 이제 왜 괜히 요정이라 불리는지 아시겠죠?

미안하다고 하시니 알겠어요. 충격이 크지만 이번 한 번은 엘을 봐서 제가 참도록 하지요. 좋은 친구 둔 줄 아세요. 엘 아니었으면 이렇게 쉽게 넘어가진 않았을 테니까.

고맙기는요. 엘에게 그런 말 듣자고 한 소리 아니에요. 그저 난 엘과의 첫 만남을 망치고 싶지 않아서 내린 결정이에요. 아쉬운 점은 엘로 인해 상승했던 인간에 대한 호감도가 낮아졌다는 점이네요.

웅? 이분은 인간이 아니라고요?

어맛, 묘인족이요? 고양이로 변한다는 그 묘인족?

아, 그래서 그랬구나. 어쩐지 좀 다른 느낌이 나더라고요. 켄 님을 처음 뵀을 때도 이런 기분이었는데. 헤에, 옛날 생각나네요.

네에, 오래전이지만 기억하고 있어요. 요정은 잘 잊지 않는답니다. 저는 특히나 기억력이 좋은 편이에요. 제 능력 아시잖아요.

네? 아사 님, 뭐라고요? 변신요? 그게 무슨……?

에엑? 지금 저보고 변신을 해 보라고요? 갑자기 그게 무슨 뚱딴지같은 소리예요? 제가 변신을 왜 해요!

네, 못 해요! 변신은 뭐 아무나 하는 건가요? 그건 수인족들이나 하는 거죠. 요정은 실체를 지우고 이즐로 되돌아갈 순 있지만 변신 같은 건 못 한다고요.

아이구, 재미없게 되어서 참으로 죄송합니다. 심심하게 해 드렸다니 정말 미안하네요. 네, 안녕히 가세요. 이왕이면 다신 마주치지 않았으면 좋겠네요.

나 참, 기가 막혀서!

저분 정말 웃기는 묘인족이네요? 저를 찾아온 이유가 변신하는 모습이 궁금해서라니! 변신 요정에 대한 소문은 대체 어디서 들은 거래요?

엘, 정말 이건 아닌 것 같아서 물어보는 건데요. 아사 님과 진짜 친한 사이세요? 저는 도무지 믿을 수가 없어요. 어떻게 저렇게 무례한 분과 당신 같은 사람이 친구일 수 있을지! 켄 님보다 더 지독하다고요!

아니, 어디를 봐서 마음이 따뜻하다는 건가요? 전 눈을 씻고 찾아봐도 보이지 않던데. 게다가 저분 아까 보니 켄 님을 이상한 말로 부르던데요? 뭐라더라? 새발?

켄이라는 멀쩡한 이름을 두고 왜 새발이래요? 조인족이 새발인 건 당연한 거잖아요. 짜증나는데 저도 확 고양이발이라고 부를까요? 그렇게 불리면 엄청 싫어하겠죠?

으잉? 왜 웃으세요? 제가 웃긴 말이라도 했나요? 그냥이라니요. 제대로 말씀해 보세요. 아까부터 저를 이상하게 쳐다보시는 게 영 걸리네요.

네, 기분 나빠 하지 않을 테니 말하세요. 저 그렇게 속

좁은 요정 아니에요.

……제, 제가 언제요? 저는 그냥 생각이 나니까 말했을 뿐 그런 거 아니에요. 정말이에요! 켄 님같이 화만 내는 조인족을 제가 왜 좋아해요! 아니라니까요!

제가 켄 님 얘기를 많이 했는지 어쩐지는 잘 모르겠지만, 만약 그랬다면 그건 그냥 있었던 사실에 대해 말을 한 것일 뿐 다른 어떤 감정도 없어요.

주인님보다 많이 거론한 건 아마 그만큼 마주치는 횟수가 많아서일 거예요. 사실 인간계에 오면 제일 많이 보는 게 켄 님이거든요. 아까 말했잖아요. 주인님은 너무 무뚝뚝하고 그 수하들은 제게 관심도 없다고.

그런데 왜 오냐구요? 그, 그거야 주인님이 찾으시니까……요. 그, 그런 말 있잖아요. 친구란 영혼을 나누는 존재라고!

켄 님은 주인님의 유일한 친구세요. 그래서 주인님의 종인 제가 만나고 얘기도 하고 뭐 그런 거죠. 그럼요, 그렇죠.

아악, 왜 자꾸 웃어요! 정말 아니라니까요! 왜 요정 말을 믿지 못하나요! 요정은 거짓말 안 한다니까!

앞으로 엘 앞에선 켄 님 얘기 절대 안 할 거예요! 엘도 나빠요! 요정을 놀려 먹기나 하고! 우씨!

……저기 근데 엘 양, 오늘 있었던 얘기 어디 가서 할 건 아니죠? 아, 아무한테도 하면 안 돼요? 알겠죠? 특히 켄

님에게는 절대 비밀이에요!

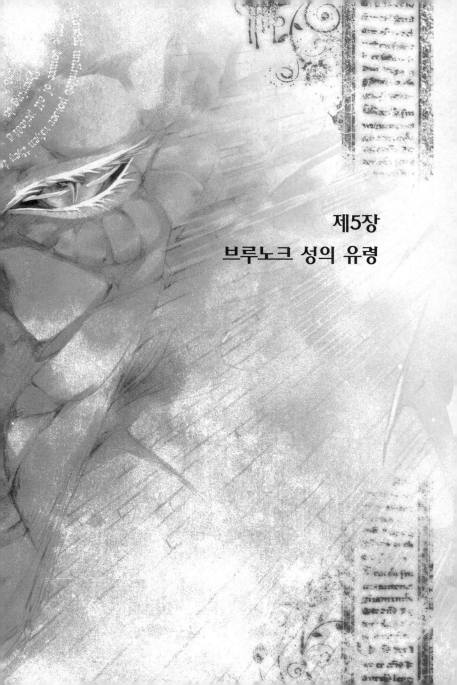

제5장
브루노크 성의 유령

해설

Another Story

1.

"젠장! 남은 몸이 부서져라 일을 했건만, 이런 식으로 사람 물을 먹여?"

계단을 내려오자마자 참았던 숨을 몰아쉬듯 제프리온이 불만을 터뜨렸다. 살다 살다 이런 거지 같은 경우는 처음이었다.

어떻게 이제 갓 들어온 신입과 자신을 파트너로 엮는단 말인가!

초짜들을 가르치는 건 늘 3년 차들의 몫이었다.

제프리온의 나이 아직 어리지만, 열다섯 살에 입문하여 올해로 벌써 8년 차다. 그는 이미 5년 전에 루센 길드 정보원이라면 누구나가 해야 할 의무 행위를 모두 끝마쳤다. 다시는 그 따분하고 귀찮은 일을 하지 않아도 된다는 뜻이다.

"네가 제일 믿음직해서 그래. 교육 기간을 꼭 다 채울 필요는 없으니 당분간만이라도 좀 맡아 줘. 친구 아들인데 모른 척할 수가 있어야지."

말이 파트너이지, 이건 순 뒤치다꺼리를 하라는 것이나 마찬가지였다. 정보원이 애들 장난도 아닌데, 친구 아들이라고 자신보고 봐 달라는 게 말이나 되는 소린가?

위험한 순간에는 어쩌라고?

몸이라도 던져 대신 칼빵이라도 맞으라는 건가?

"요즘 좀 이상하다 싶더니, 마스터가 정신이 나간 게야."

그게 아니라면 이런 일이 생길 수가 없었다.

"다른 자리나 알아봐야겠군."

여기저기서 오라는 걸 거절하고 그가 루센 길드에 남아 있었던 건 마스터인 드레이크를 존경하고 의지했기 때문이었다. 큰 덩치에 걸맞게 호방한 성품을 지닌 그를 제프리온은 물론, 많은 정보원들이 아버지처럼 따랐다.

"그런데 돌아오는 게 고작 이런 취급이라니……."

조금 전까지만 해도 그는 마스터의 부름이 승진 때문이

라고 생각했다. 4년이나 최고 실적의 상급 정보원으로 있었으니 특등 정보원이 될 자격은 충분했다.

아직 그의 나이 대에 특등 정보원이 된 경우는 없지만, 언제나 처음은 존재하는 법이다. 정보계의 역사를 새로 쓰겠다는 야망으로 이 세계에 발을 들였다. 토막잠을 자 가며 그간 자신이 얼마나 노력했던가?

"기대를 하면 항상 이 모양이라니까."

허탈감에 입안이 쓰다. 귓등에 꽂아 두었던 싸구려 연초를 입에 물며 제프리온은 터덕터덕 걸었다. 불을 붙이기 위해 성냥을 찾았으나 사무실에 두고 왔는지 손에 잡히는 것이 없었다.

"제길, 오늘 아주 되는 일이 없구먼. 퉤엣!"

제프리온이 사납게 연초를 뱉어낼 그때였다.

퍽─!

안 그래도 기분이 저조한 그의 어깨를 누군가 세게 치고 지나갔다. 재빨리 중심을 잡았기에 망정이지 대로 한복판에서 멋지게 넘어질 뻔했다.

"아놔, 어떤 놈이야!"

꿀꿀한데 아주 잘 걸렸다. 이 몸도 어디 화풀이라는 거 한번 해 보자!

그런 각오로 제프리온이 버럭 소리쳤으나, 어이없게도 당사자는 이미 저만치 앞서 가고 있었다. 그것도 엄청 씩씩거리며.

"얼래? 저 녀석은……!"

뒷모습이지만 제프리온은 한눈에 알아보았다.

곱슬곱슬한 긴 머리칼, 잘록한 허리, 가는 체구. 언뜻 보면 여인의 뒤태와 흡사하지만, 녀석은 방금 전 그를 좌절감에 빠뜨린 장본인이자 마스터가 부탁했던 친구 아들, 엘 머시기 놈이었다.

"뭐야, 저 자식? 화를 낼 건 나인데, 왜 지가 승질이야?"

어깨를 치였다는 불쾌감도 잠시, 제프리온은 기가 막혔다. 그가 사무실을 나서기 전까지만 해도 멀쩡하던 녀석이 저렇듯 화를 내는 이유가 무엇이겠는가?

하여튼 이런 녀석들이 꼭 있다.

3개월의 수습 기간을 무사히 마치고 나면 그것이 마치 자기가 특별히 잘나서 사고 없이 끝난 줄 아는. 그래서 파트너 따위는 필요 없다고 설쳐대는 멋모르는 것들이 해마다 어김없이 존재한다.

고작 업무 체계 따위나 배워 놓고선 눈에 힘을 주는 꼴이라니. 제프리온은 그런 녀석들을 볼 때마다 엎어 놓고 볼기짝을 때려 주고 싶은 충동에 휩싸였다.

능력 있는 선배와 짝이 되었으면 엎드려 절을 해야지, 주제에 자존심을 내세워?

"오냐, 그래. 내가 오늘 네놈의 버릇을 단단히 고쳐 주마!"

어떤 일이든 쉽게 물러서는 건 제프리온의 성격상 맞지
않았다. 그가 이를 갈며 조용히 엘의 뒤를 쫓았다.

2.

엘은 끓어오르는 화를 간신히 삭였다.

대체 이번이 몇 번째인지!

아직 자신은 십 대 소녀였다. 하고 싶고 배우고 싶은 게
너무나도 많은 꽃다운 청춘이다 이 말씀이다.

이제 막 수습 딱지를 떼고 일에 재미를 붙이기 시작했건
만, 그놈의 망할 선을 자신이 왜 또 봐야 한단 말인가!

정말이지 아버지의 속을 도통 모르겠다.

작년에 친구 캐시가 결혼할 때만 하더라도 부모님 서운
하시게 무슨 시집을 그렇게 일찍 가냐며 한소리 하셨던 분
이다.

뿐인가?

적어도 스무 살이 되기 전까지는 남자도 사귀지 말라고
하셨던 분이 바로 자신의 아버지였다. 그런 분이 지금 선을
보라고 하시는 거다. 그것도 자신보다 나이가 무려 열 살이
나 많은 남자와!

잘생기고 돈도 많은 데다, 성격도 서글서글해서 좋은 남편이 될 거라나?

"하핫! 남편이라니!"

생각만으로도 징그러운 두 글자가 아닐 수 없었다.

"그래, 아버지. 아버지가 계속 이렇게 나온다면 나도 생각이 있다고요!"

엘은 전의를 불태웠다. 언제까지 이러고 끌려다닐 수만은 없다. 오늘 보는 선 자리가 마지막이 되려면 이전과는 다르게 나가야 한다. 더 이상 아버지의 체면 같은 건 생각하지 않을 것이다.

집으로 향하던 발걸음을 엘은 과감히 시내로 돌렸다. 오늘의 맞선 상대에게는 조금 미안하지만 그녀도 살려면 어쩔 수 없었다.

"어디 잘생긴 남자가 놀라는 모습 좀 감상해 볼까?"

딸랑—

"어서 오세요."

찻집의 문을 열자 방울 소리와 함께 낯익은 여주인의 음성이 들렸다. 앞선 다섯 번의 선을 모두 이곳에서 본 덕분에 엘에게는 꽤 익숙한 여인이었다.

오늘이 그녀를 보는 마지막 날이 되길 바라며, 엘은 실내를 빙 둘러보았다.

'어라?'

그녀가 실내를 돌아본 건 단순히 앉을 자리를 찾기 위해서였다. 아직 약속 시간까지는 한 시간이나 남았기에 진한 커피나 마시면서 생각 좀 하려고 했다. 당연히 그 생각이란, 어떻게 하면 더 화려하고 임팩트 있게 오늘의 자리를 망칠 것인가 하는 것이었다.

그런데 미리 와서 기다리고 있다?

'왜지?'

예상치 못한 상황에 엘의 눈초리가 까끄름하게 위로 올라갔다.

남자에 대해 그녀가 아는 거라곤 이름 석 자와 몇 가지 신상 정보가 다였지만, 창가에 앉아 우아한 자태로 책을 보고 있는 남자가 오늘 만나야 하는 맞선 상대임을 엘은 한눈에 알아보았다.

아직 신참 정보원이긴 해도 어릴 때부터 눈썰미 하나는 타고난 그녀다. 잠시 심호흡을 한 뒤 엘이 남자를 향해 씩씩하게 걸어갔다.

툭!

난데없이 탁자 위로 가방이 날아오자 남자가 고개를 들었다. 의문에 가득 찬 그 시선을 고스란히 받아내며 엘이 여유롭게 자리에 안착했다.

'정말이었네.'

잘생겼다는 아버지의 말은 사실이었다. 사내의 얼굴을

보자마자 엘의 머릿속에 처음으로 떠오른 것이 여러 여자 울렸겠다, 였으니까.

늘씬한 체구에 희고 깨끗한 피부, 짧게 정리된 머리칼은 옅은 금발이었고 깊은 사파이어색 눈동자는 바다를 연상케 했다. 평소 남자라면 별 관심 없던 엘조차도 한순간이나마 혹할 만큼 남자는 꽤 근사한 외모의 소유자였다.

물론 사람에게 있어서 가장 중요한 것은 겉모습이 아니라 내면이라는 것을 잘 아는 그녀이기에 남자의 외모는 더이상 관심 대상이 아니었다.

"무슨 내용인가요?"

삐딱한 자세로 다리를 꼬며 엘이 물었다.

"……?"

느닷없는 그녀의 질문에 남자는 당연히 이해하지 못한 표정을 지었고, 엘은 옳다구나 말을 이었다.

"혹시나 해서요. 간혹 그런 분들이 있더라고요. 평상시에는 책 한 줄도 안 보면서, 여자들에게 지적으로 보이고 싶은 욕심에 이런 곳에 나와 척하는 남자들. 설마 그쪽은 아니죠? 암요, 머리에 뇌라는 게 들어 있다면 그럴 리 없죠."

'하나, 둘, 셋…….'

엘은 생글거리며 속으로 숫자를 셌다. 남자의 첫마디가 과연 무엇일지 상상하며.

그러나 기대와 달리 남자는 그 어떤 험한 말도 뱉지 않았다. 생전 처음 보는 여자에게서 다짜고짜 무뇌아 취급을 받았는데도, 욕은커녕 오히려 이 상황이 재미있다는 듯 입꼬리를 말며 웃고 있었다.

'뭐, 뭐야.'

당황한 엘이 주춤거리자 남자가 보란 듯이 책을 들어올렸다.

"드래곤에게 마법을 배운 인간이 어린 황제를 도와 부패 귀족을 물리치고 제국을 건설한다는 내용의 소설입니다. 아직 초반이지만 상당히 재미있게 읽던 중이죠. 궁금하시면 한번 보시겠습니까?"

남자가 엘에게 책을 내밀었다. 슬쩍 살펴보니 겉표지에 화려한 필체로 『마법군수』라 쓰여 있었다.

"혹 글자를 모르신다면 제가 읽어 드릴 수도 있습니다만."

엘의 시선이 다시금 남자에게로 돌아갔다. 그녀를 도발하기 위한 발언이었다면 매우 성공적이었다. 무례하게 군 것은 그녀가 먼저이니 할 말은 없지만, 이로써 미안한 마음을 갖지 않아도 되었다.

"다행히 뇌가 없으신 분은 아니었군요. 마법군수. 제목 입력했어요. 재미있다고 하시니 나중에 꼭 한번 찾아서 읽어 보도록 하죠."

"제법 인기 있는 책이니 서둘러 구입하셔야 할 겁니다."

남자가 충고하며 책을 한쪽에 내려놓았다. 그때 여주인이 메뉴판을 들고 둘에게 다가왔다.

"늘 마시던 걸로 주세요."

엘은 일부러 메뉴판을 보지 않고 주문했다. 그러자 방금 전까지 접대용 미소가 가득하던 여주인의 눈매가 살짝 굳어졌다. 늘 마시던 것을 찾는 손님이라면 단골이라는 뜻인데, 그녀는 처음 보는 얼굴이었기 때문이다.

주인이 답이 없자 엘이 서운하다는 듯 덧붙였다.

"저 모르세요? 여기 다섯 번이나 왔었는데."

"제가 원래 손님 같은 미남 분은 잘 기억하는 편인데, 오늘은 어째선지 기억이 나질 않네요. 죄송하지만 드시던 것이 무엇인지 다시 한 번 말씀해 주시면 정성 들여 맛있게 타 오도록 하겠습니다."

"어머! 지금 저보고 미남이라고 하셨나요? 미녀가 아니라?"

"……네?"

"아, 이런! 제가 그만 깜박하고 있었네요. 잠시만요."

당혹해하는 여주인에게 기다리라 청하며 엘이 입가로 손을 가져갔다. 기이한 그녀의 행동에 여주인이 인상을 쓰는 찰나, 찍익 하는 소리와 함께 그녀의 인중에서 콧수염이 벗겨졌다.

그것이 다가 아니었다. 이번에는 머리였다. 여주인과 남자를 향해 씩 웃고는 엘이 본인의 머리채를 잡고 힘껏 끌어 당겼다.

"앗, 손님께선……!"

숱 많던 갈색 곱슬머리가 엘에게서 떨어져 나갔다. 그리고 그 자리에 대신 푸른빛이 감도는 까만 생머리가 폭포수처럼 쏟아져 내렸다.

"헙!"

조금 떨어져서 그 모습을 지켜보고 있던 제프리온은 놀란 신음성을 터뜨렸다. 버릇을 고쳐 주겠다며 따라온 자리에서 말도 안 되는 장면을 목격하고야 만 것이다.

엘이 남자가 아니라 여자였다니!

지난 3개월 동안 자신이 그것도 알아보지 못하였단 말인가!

놀라움에 이어 드는 것은 스스로에 대한 자괴감이었다.

아마 직접 눈으로 보지 않았다면 절대 믿지 못했을 것이다. 엘의 신원 보증은 다른 누구도 아닌 마스터가 직접 했으니까.

그도 속은 것일까?

'아니, 아닐 것이다.'

남장을 했다고 해서 여인을 알아보지 못할 정도로 마스터는 허튼 상대가 아니었다. 그렇다면 답은 하나.

'알고 계시다는 뜻이다.'

그래서 그렇게 살뜰히 챙겼던 것이고.

제프리온은 선뜻 이해가 가질 않았다. 이 험한 정보계에 손수 나서 여인을 들이시다니.

"마스터, 대체 무슨 생각이신 겁니까?"

이상한 나머지 혼잣말을 한다는 게 목소리가 크게 나갔다. 가발을 내려놓던 엘과 제프리온의 눈동자가 허공에서 마주쳤다.

'제프 선배?'

어차피 알려지게 될 일이기에 엘은 별로 당황하지 않았다. 매도 먼저 맞는 것이 낫다고 오히려 잘되었다.

"이제 알아보시겠죠?"

그녀가 제프리온에게서 눈길을 거두고 여주인을 향해 화사하게 웃었다.

"네네, 기억하고말고요! 손님이셨군요. 전 그것도 모르고……."

"남장을 하고 왔으니 알아보지 못하신 게 당연하죠. 바쁘게 오느라 신경 쓰지 못한 제 실수입니다."

"이렇게 아름다우시면서 남장은 왜 하세요? 저라면 절대 안 할 텐데."

"그럴 만한 사정이 좀 있어서요. 그럼 전 이분과 맞선을 마저 봐야 하니 자리 좀 비켜 주시겠어요?"

"아, 네! 제가 눈치도 없이 계속 서 있었네요. 진한 블랙 커피 맞으시죠? 얼른 가지고 오겠습니다."

　그간의 방문이 영 헛되지는 않은 모양이었다. 여주인이 가고 다시금 자리에는 남자와 엘, 둘만이 남았다.

　"조금 전 얘기 다 들으셨을 테니 제가 누군지 따로 밝히지 않아도 아시겠죠? 놀라게 한 건 미안해요. 급히 서두르다 보니 옷차림이 이렇다는 걸 잊고 있었어요."

　"내가 놀란 것 같습니까?"

　"……아닌가요?"

　"훗, 남복에 가발과 수염이라. 깜찍하긴 하군요."

　엘이 벗어 놓은 가발과 수염을 내려다보며 남자가 피식거렸다. 그것이 마치 자기를 비웃는 것 같아 엘은 기분이 나빴다.

　"그럴 리 없겠지만, 꼭 내가 여자인 걸 알았다는 말투로군요."

　"모르는 게 더 이상한 것 아닙니까?"

　"뭐라구요?"

　"세상에 그렇게 예쁜 미소를 가진 남자는 없습니다. 남자인 척하고 싶었으면 그런 미소를 짓지 말았어야죠."

　"전 웃은 적 없거든요?"

　"거기에 앉자마자 웃었던 거 생각 안 납니까? 아직 십 분도 채 지나지 않았는데요? 기억력이 그렇게 짧아서야, 원. 정보원으로서 실격이군요."

그게 웃는 걸로 보였냐고 맞받아치려던 엘의 얼굴이 순식간에 굳었다. 이제껏 다섯 번의 선을 봤지만 그녀가 정보원이라는 사실을 안 남자는 한 명도 없었다.

"내가 무슨 일을 하는지 당신은 알고 있군요?"

"맞선 상대인데 당연한 거 아닙니까?"

"아니요, 전혀 당연하지 않아요. 지난번 상대들은 몰랐다고요! 정보원은 함부로 신분을 노출해서는 안 되는 사람들이에요!"

"같은 업계 종사자들끼리는 굳이 그럴 필요 없을 텐데요."

"같은 업계……?"

"내가 누군지 듣지 못한 겁니까?"

남자의 표정이 가늘어졌다.

"그럼 날 어떻게 알아보았죠?"

"난 이곳에서 선을 다섯 번이나 봤어요. 그런 건 분위기로 그냥 알 수 있다고요."

여긴 찻집이었다. 이런 시간에 양복 차림의 남자가 홀로 앉아 누군가를 기다리고 있다면 경험상 열에 아홉은 맞선이다. 결정적으로 엘은 상대의 외모에 관해 제법 상세히 알고 있었다(나가기 싫다는 그녀를 꾀기 위한 아버지의 노력이었다).

"분위기라. 후후, 아주 실격은 아니로군요. 내 여자가 될 여인이 눈썰미는 있는 것 같아 다행입니다."

"뭐, 뭐요? 내, 내 여자?"

저절로 말이 더듬더듬 튀어 나갔다. 남자의 얼토당토않은 단어 선택에 엘은 그야말로 기함할 지경이었다.

"내 여자라는 말이 마음에 들지 않는 겁니까? 그럼 정정하죠. 내 아내로."

점입가경이다. 저런 느끼한 멘트를 오늘 처음 만난 여자에게 안색 하나 변하지 않고 말하는 걸 보면 역시나 생긴 대로 노는 타입이 분명했다.

이런 남자와 엮이면 자신만 피곤해진다. 이거저거 귀찮아지기 전에 엘은 정공법을 택했다.

"이보세요, 패트릭 씨. 정보원이라는 사람이 그렇게 눈치가 없어요? 오늘 내가 왜 이런 모습으로 왔겠어요. 당신 싫다고 거절하는 거잖아요. 나가면 당신 좋다는 여자가 한 마차는 될 것 같은데, 이쯤에서 서로 그만두죠?"

"여자 문제라면 걱정하지 마십시오. 결혼하면 가정에만 충실할 생각입니다."

"지금 그런 말이 아니잖아요. 누가 당신이 바람피울까봐 걱정된대요?"

"그게 아니면 뭡니까? 혹시 내가 싫은 겁니까?"

살면서 그런 얘기는 들어 본 적도 없다는 듯한 말투였다(왠지 사실일 것도 같았다).

"네, 싫어요! 아니, 관심이 없다는 게 맞는 표현이겠군요. 난 내 일이 좋아요. 당분간 일 배우는 것 외에는 아무것도 하고 싶지 않다고요."

같은 정보원이고 하니 엘은 남자가 어느 정도 이해해 줄 거라고 믿고 말했다. 하나 돌아온 것은 엘이 예상치 못한 답변이었다.

"결혼하게 되면 어차피 일은 관둬야 할 겁니다. 합병 때문에 어수선하기도 할 테고, 아기도 가져야……."

"잠깐만요! 합병이라니요? 대체 그게 무슨 소리죠?"

"설마 합병에 대한 얘기도 듣지 못한 겁니까?"

엘은 멍하니 고개를 끄덕였다. 이게 다 무슨 소리인지 머릿속이 갑자기 하얘졌다. 제발 사내의 다음 말이 자신이 생각하는 그런 것이 아니기만을 바랐다. 그건 진정 말도 안 되는 이야기였으니까.

하지만 불행히 엘의 예감은 맞아떨어졌다. 남자의 설명을 들으면 들을수록 그녀의 입술이 기이하게 비틀렸다.

"당신과 내가 결혼을 함으로써, 당신이 속한 루센 길드와 내 아버지가 세우신 구드 길드를 합병키로 하였습니다. 더 정확히는 루센 길드가 구드 길드로 이름을 바꾸고 밑으로 들어오는 것이지요. 벌써 꽤 많은 진행이 오간 것으로 아는데, 딸인 당신이 여태 모르고 있었다니 조금 이상하군요."

"조금이 아니라 아주 많이 이상한 거죠."

엘은 저도 모르게 비아냥거렸다. 정말이지 대단한 아버지시다. 죽어도 싫다는 선을 몇 번이나 보게 하더니, 이런 꿍꿍이가 숨어 있었단 말인가?

길드에 들어온 지 고작 3개월밖에 되지 않았지만, 그동안 남보다 열 배는 넘게 노력해 왔다. 아버지의 이름에 먹칠하지 않기 위해, 훗날 길드를 이어받았을 때 부족하지 않고자 잠자는 시간마저 쪼개 가며 공부했다.

그런데 자신과는 한마디 상의도 없이 길드를 넘기겠다고?

이게 정녕 말이나 되는 소린가?

무엇보다 조금이라도 자신을 생각하셨다면 이런 얘기는 최소한 남에게 듣게 해서는 안 되었다. 길드를 차지할 상대에게는 더더욱.

'진짜 기분 엿 같군.'

"어쨌든 난 당신이 매우 마음에 듭니다. 조사한 것과는 많이 다르지만, 오히려 이편이 더 재밌고 좋군요. 당신만 괜찮다면 양가 어른들께 결혼을 서두르자고 해야겠습니다."

참 가지가지 하는 남자다.

이런 상황에 저런 말이 하고 싶을까?

"꿈 깨세요. 나 같이 어리고 예쁜 여자가 왜 당신처럼 나이 많은 남자와 결혼을 해요? 난 연상은 취급 안 해요."

더 이상 앉아 있을 이유가 없었다. 여기서 이러고 있을 게 아니라, 아버지가 갑자기 무슨 이유로 자신에게 결혼까지 시켜 가며 길드를 합병시키려 하는지 알아내야 했다.

"어린 남자를 좋아하는 겁니까?"

"네! 적어도 저보다 열 살은 어려야 남자로 보이더라고요. 그럼 전 이만 바빠서 먼저 가 보겠습니다."

더 퍼붓고 싶었으나 시간이 없었다. 아버지가 퇴근하시기 전에 도착하려면 서둘러야 했다.

제프리온이 그녀보다 더 놀란 얼굴을 하고 있다는 걸 알지 못한 채 엘이 씩씩거리며 찻집을 나섰다.

3.

제프리온이 정신을 차리고 엘을 뒤쫓아 갔을 땐 이미 사달이 난 뒤였다. 길드 내에 머물고 있던 정보원들이 전부 튀어나와 복도를 메우고 있고, 그들이 주시하고 있는 문 너머에서는 연신 고성이 쏟아지고 있었다.

"제프 형, 이제 와요?"

누구를 붙잡고 물어봐야 하나 제프리온이 살피는 찰나, 뒤쪽에서 익숙한 음성이 들렸다. 돌아보니 올해로 열일곱이 된 도둑 출신의 정보원 란트가 특유의 익살스러운 표정을 짓고 있었다.

"아직 소식 못 들었죠?"

"소식?"

무슨 소식일지 뻔하지만 제프리온은 일단 모른 척했다. 그러자 녀석이 그럴 줄 알았다는 듯 얼굴을 드밀며 속삭였다.

"아, 글쎄 엘 그놈이 여자래요, 여자! 형은 이게 믿겨지세요?"

"여자……?"

"네에! 그것도 마스터의 딸이래요. 하나밖에 없는 외동딸!"

'역시 그랬군.'

찻집에서 합병 소식을 들었을 때 짐작을 하긴 했었다. 상대가 구드 길드 마스터의 아들이라니 엘도 어느 정도 비슷한 조건이라 생각한 것이다.

"형은 별로 안 놀라는 것 같네요? 설마 알고 있었던 거예요?"

"아니. 작년이었나? 어쩌다가 우연히 마스터에게 엘 또래의 딸이 있다는 걸 듣기는 했어. 그게 다야."

"맞아요, 저랑 동갑이래요. 올해 열일곱 살! 아까 전에 지나가는 거 봤는데, 엄청난 미인인 거 있죠? 장난 아니에요."

"그렇게 예쁘냐?"

불쑥 끼어드는 굵직한 목소리의 주인공은 후배지만 제프리온보다 나이는 많은 덩컨이라는 자였다.

"네, 덩컨 형! 남장하고 있을 때도 곱상했지만, 지금하고 비교하면 그건 곱상한 축에도 못 끼어요. 제가 봤던 여자들 중 제일 예쁘다니까요!"

"내가 내가 이럴 줄 알았지! 놈만 보면 짜증이 났던 이유가 있었던 거야!"

"짜증이요?"

"그래, 인마! 겉은 남자였을지 몰라도 속은 여자였단 소리잖냐! 그것도 엄청난 미모의! 넌 그런 여자가 눈앞에서 왔다 갔다 하는데 아무렇지도 않았냐?"

"전 그냥 뭐 예쁜 남자라고 생각한 게 다인데요?"

"에이, 모자란 놈아! 누구는 놈이 지나갈 때마다 얼굴이 빨개지고 가슴이 두근거렸다는데 네놈은 고작 그게 전부냐? 네가 그래서 연애를 못하는 거다! 쯧쯧!"

"갑자기 화살이 왜 그렇게 돌아가요? 여자라는 걸 모르긴 했어도, 저도 나름 비밀스러운 기운을 느끼긴 했다고요."

자신을 한심스럽게 바라보는 덩컨에게 란트가 억울하다는 듯 항변했지만, 불행히도 그 소리는 새로운 국면에 묻히고 말았다. 잠시 사무실 안이 조용해지는가 싶더니 벌컥 문이 열린 것이다. 그리고 마스터와 엘이 함께 밖으로 걸어 나왔다.

"헉!"

"예, 예쁘다……!"

곳곳에서 탄성이 터졌다. 듣던 대로, 아니 듣던 것보다 훨씬 더 대단한 미모의 소녀였다. 여전히 제프리온이 보았던 그대로 남복 차림을 하고 있었지만, 그것이 그녀의 외모를 가리지는 못했다.

작고 동그란 얼굴에 반달을 그리는 눈썹과 매끄러운 콧날, 크고 도톰한 입술은 장밋빛을 머금고 있고, 운동으로 다져진 몸매는 날씬했다.

칙칙한 곱슬머리 대신 탐스러운 생머리를 허리까지 늘어뜨린 그녀의 모습은 영락없는 미소녀였다.

아까는 경황이 없어 인지하지 못했는데, 이제껏 보았던 어떤 여성보다도 아름다웠다. 별안간 제프리온의 심장이 콩닥콩닥 뛰었다.

"중대 발표를 하겠다."

마스터 드레이크가 입을 열었다. 그는 잠깐 사이에 왠지 십 년은 더 늙어 버린 것 같았다.

"여기 엘은 원래 남자가 아니라 여자다. 내 딸이기도 하지."

마스터가 직접 말로써 확인시켜 줬기 때문일까. 다 아는 내용이면서도 길드원들이 웅성거렸다.

"알다시피 엘은 이제 막 초보 딱지를 뗀 신참 정보원이다. 방금 전 난 그런 딸에게 길드를 물려주기로 결정했다."

"마, 마스터!"

차마 입으로 내뱉지 못했을 뿐, 그 순간 다들 드레이크가 미쳤다고 생각했다. 뜬금없이 후계자 발표를 하는 것도 그렇지만, 마스터라는 중대한 자리에 어린 소녀를 세운다는 것이 그들로서는 받아들이지도 이해할 수도 없는 일이었다.

"안다. 당연히 어이가 없겠지. 하지만 구드 길드 밑으로 들어가는 것보다는 낫지 않겠나?"

"마스터, 갑자기 왜 그러는 거요? 멀쩡한 우리 길드가 왜 남의 밑으로 기어들어 간답니까?"

제프리온도 제일 궁금한 게 그거였다. 중소 길드로서 잘해 나가고 있다고 여겼는데, 길드원들은 모르는 어려움이 존재하는 것인가?

사무실로 돌아오면서 별별 생각이 다 들었지만 뚜렷한 이유를 찾아내지 못했다.

"내 지병 문제다."

"지병이라니요? 마스터, 어디 아픕니까?"

커다란 바위도 너끈하게 들어 올릴 정도로 생긴 사람이

마스터, 드레이크였다. 짐작과는 전혀 다른 그의 대답에 다들 어안이 벙벙했다.

"쉬지 않으면 죽는다는군. 남은 시간 동안 시집보내 놓고 손주라도 볼까 했으나, 완강한 딸의 고집에 계획을 바꾸었다. 녀석을 내 자리에 앉히기로."

"마스터, 아무리 그래도 그건……."

"내 말 끝까지 들어라. 내가 아무리 그렇게 결정해 봤자 너희들이 따르지 않으면 그만이다. 가슴 나온 여자가 뭘 할 수 있겠냐며 떠들고 비웃겠지."

찔끔했는지 몇몇이 헛기침을 터뜨렸다.

"그래서 한 가지 제안을 하겠다. 브루노크 남작의 비밀 거래 장부. 그걸 가져오면 어찌할 텐가? 엘을 루센 길드의 차기 마스터로서 인정하겠는가?"

"……진심이십니까?"

"내가 지금 농담하는 것으로 보이나?"

드레이크는 여느 때보다 진지했다. 그가 부리부리한 눈으로 돌아보자 모두가 재빨리 시선을 내리깔았다.

"원한다면 누구든 도전이 가능하다. 남작의 거래 장부만 가져온다면 내 친히 후계자로 삼아 주지."

장부 하나에 길드의 마스터가 된다. 그것은 실로 파격적인 조건이었다. 하나 누구도 선뜻 나서질 못했다.

그도 그럴 것이 브루노크 남작은 살아 있는 사람이 아니었다. 이십여 년 전 원인 모를 화재로 온 가족이 몰살된 지금은 죽고 없는 자다.

살아생전 대부호였던 브루노크 남작에겐 비밀의 거래 장부가 있었다고 한다. 그 안에 귀족들 간의 불법 거래나 세간에 알려지지 않은 비사들을 정리해서 적어 놓았다고 한다.

중요한 장부인 만큼 평소 안전한 장소에 보관을 하였다고 하는데, 화재 후 아무리 찾아봐도 나오지 않아 불에 타 버렸다는 얘기도 있었다.

하지만 장부 안에 실린 비밀스러운 내용 때문인지 사람들은 쉽사리 인정하지 못했고, 급기야 그것은 정보 길드에 수많은 의뢰인을 낳게 하였다.

그러나 금방 해결이 될 줄 알았던 사건은 의외의 난관에 봉착하게 되는데, 그것은 바로 폐성에 나타난다는 유령에 관한 소문이었다.

큰 사고가 있는 곳에는 항상 괴소문이 돌기 마련이지만, 놀랍게도 브루노크 성의 유령 얘기는 사실이었다. 코웃음을 치며 성에 들어갔던 모두가 혼비백산하며 도망치는 모습을 당시 못 본 사람이 없을 정도였다.

이십여 년이 지난 지금까지도 폐성의 유령은 건재했고, 어느 순간부터 브루노크 남작의 거래 장부는 일종의 정보계의 담력 테스트로 자리 잡았다.

웬만한 정보원이라면 다들 도전하고 넘어가는 관문이랄까?

물론 그것은 아직까지 장부를 발견하지 못하였기에 이어져 오는 것이기도 했다. 그러한 것을 엘이 가져와야 하는 것이다.

"마스터가 되고 싶은 사람 없나?"

드레이크가 재차 물었지만 역시나 응답하는 자는 없었다. 그럴 줄 알았다는 듯 그가 엘에게 말했다.

"시간은 내일 아침까지다. 회의 시간까지 도착하지 않으면 오늘 일은 약속대로 없던 걸로 하겠다."

"아버지나 약속 꼭 지키세요."

부전여전이라고 하더니 앙칼진 목소리로 대꾸하는 엘의 모습은 아버지를 쏙 빼닮아 있었다.

어떤 대단한 방도가 있는 건지는 알 수 없다만, 꼿꼿이 허리를 펴고 길드원 사이를 빠져나가는 엘은 그 순간 제프리온에게 꽤 당당하고 멋져 보였다.

그래서일까.

제프리온은 자신도 모르게 엘을 뒤따랐다. 왠지 그녀라면 불가능도 가능으로 만들 수 있을 것 같다는 이상한 기대감이 일순간 그의 가슴에 불을 질렀다.

4.

"왜 자꾸 쫓아와요?"

구름에 초승달이 반쯤 걸린 야심한 시각. 폐성으로 향하던 엘은 걸음을 멈추고 휙 돌아섰다. 두세 발짝 뒤에서 그녀를 따라 걷던 제프리온도 덩달아 같이 멈춰 섰다.

"쫓다니? 내가? 너를?"

"그럼 아니에요?"

"아닌데?"

"뭐예요, 그럼. 선배도 마스터에 도전을 하겠다는 뜻인가요?"

"글쎄……."

어깨를 으쓱이며 제프리온이 엘을 지나쳤다. 잠시 그런 그를 흘겨보다가 엘이 사정 조로 얘기했다.

"아까 선배도 봐서 알겠지만, 이건 내게 아주 중대한 문제예요. 오늘 일을 성공하지 못하면 당장 시집을 가야 한다고요."

"찻집의 그 자식이랑?"

"네에. 그러니까 저 방해하지 마시고 돌아가세요. 선배한테까지 낭비할 시간 없단 말이에요."

"장부를 가져올 자신은 있나 보지?"

"없으면 자진해서 하겠다고 했겠어요?"

"너 뭘 알고는 가는 거냐?"

이제는 그저 가벼운 소문 정도로만 치부되고 있지만, 브루노크 성의 유령은 정보계의 오랜 미해결 문제였다. 다른 길드는 물론이고, 루센 길드에서도 제프리온을 포함한 전원이 도전했다가 실패한 전적이 있었다. 그러한 것을 열일곱의 어린 소녀가 감당할 수 있을 리 없었다.

"선배는 뭐 아는 거 있어요?"

"어쭈, 먼저 불어라?"

샐쭉하게 되묻는 표정이 귀여웠다.

그동안 왜 몰랐을까?

저 얼굴에 콧수염 하나 붙였다고 남자라고 생각했다니. 제프리온은 자신을 저주하고 싶었다.

"내가 선배니까 먼저 말하지. 일단 브루노크 남작은 굉장한 부자였어. 제국을 좌지우지한다는 두 공작도 함부로 건드리지 못할 만큼 엄청난 재력을 가진 자였지."

"알아요. 그래서 적도 많았잖아요."

"그래, 특히나 남작의 재산 중 반 이상이 무기를 팔아 벌어들인 거였어. 전쟁에 희생된 자들의 가족만 적으로 돌린 대도 그 수를 헤아릴 수가 없지."

"그 불은 누가 낸 거라던가요?"

"그에 관해선 밝혀진 바가 없어. 가장 의심되는 존재가 두 공작인데, 그들이라면 절대 증거를 남기지 않지. 남작을 없애기 위해 둘이 합심해서 일을 벌인 거라는 설도 있어."

"제일 그럴듯하긴 하네요."

동의하는 엘의 옆모습을 힐긋거리며 제프리온이 말을 이었다.

"남작은 수완도 좋았지만 모든 걸 기록하는 꼼꼼한 성격이었다고 해. 우리가 찾으려는 장부가 그래서 생겨난 거지. 듣기로 금고에다가 보관을 했다고 하는데, 그 금고를 통 찾을 수가 없단 말이야."

"불에 타지 않았을까요?"

"아니, 특수 제작된 금고라서 물과 불에도 끄떡없다더군. 폐성의 유령만 아니었으면 샅샅이 뒤져 벌써 찾아냈을 텐데, 그게 참 쉽지가 않아."

"선배가 아는 건 그게 다예요?"

"어?"

"남들이 다 아는 그런 얘기 말고 딴 건 없냐고요."

너무 가까이에 있었더니 부작용이 하나 생겼다. 엘의 향기에 자신도 모르게 취해 있던 제프리온이 정신을 차리며 몇 걸음 떨어졌다.

"갑자기 왜 그래요? 선배, 괜찮아요?"

"으응, 괜찮아. 어디까지 했지?"

"다른 사람들은 모르는 숨겨진 이야기 같은 거 혹시 없냐고 물었어요."

"아, 있지. 그런 거."

"있어요?"

엘이 제프리온에게로 바짝 붙어 섰다. 또 물러섰다가는 이상한 사람 취급 당할까 봐 그가 손톱으로 허벅지를 찔러 가며 설명했다.

"생존자가 있다는 말 들어 봤어?"

"그날 화재에서 살아난 사람이 있었다고요? 고장 난 성문이 열리지 않아 남작의 일가는 물론 성내 하인들까지 전부 싹 다 죽었다고 들었는데요?"

"나도 제대로 확인해 본 건 아니라서 잘은 모르겠지만 그런 말이 있더라고."

"그 생존자가 누군데요?"

"그게 어린아이라고 했던 것 같아. 그때가 벌써 이십여 년 전이니 살아 있다면 아마 지금쯤 나이가 스무 살은 넘었겠지."

귀한 목숨 잃지 않고 누군가 살아났다면 다행스러운 일이지만, 엘은 비관적이었다. 수많은 목숨들을 앗아간 대형 화재였다. 아이가 살아 있다는 건 그녀 생각에 그다지 신빙성이 없었다.

"자, 이젠 네가 말해 봐. 가는 게 있으면 오는 게 있어야지?"

"없어요."

"뭐?"

"아는 게 아무것도 없다구요. 이제 갓 신입 정보원이 되었는데, 아는 게 더 이상한 거 아닌가요?"

새침하게 쏘아붙이며 앞서 가는 엘의 뒤에 대고 제프리온은 피식 웃었다.

'하긴, 네가 아는 게 뭐가 있겠냐? 유령을 보고 기절이나 안 하면 다행이지.'

어디 가서 차마 고백하기 어려운 말인데, 폐성의 유령을 처음 본 날 제프리온은 아랫도리에 살짝 오줌을 지렸다. 다른 이들처럼 강한 물리적 압박을 받은 것도 아니면서, 유령을 보자마자 그런 추태를 벌이고 말았다. 평소 스스로를 겁이 없다 여겨 왔는데, 유령은 그 자체로 두려움의 대상이었다.

'그걸 다시 봐야 하다니.'

제프리온은 벌써부터 등골이 오싹했다.

'하지만 난 남자다! 여자 앞에서 겁을 낼 순 없어! 정신 똑바로 차리고 녀석을 지켜야 한다! 두 번째이니 괜찮을 거야!'

제프리온은 다짐하고 또 다짐했다. 그러나 폐성에 도착해서 유령을 다시 마주한 순간, 그런 다짐은 어디론가 날아갔다. 제프리온의 얼굴은 창백해졌고 사고는 정지되었다.

전과 다른 점이라면 그를 놀라게 한 게 유령이 아니라 엘이라는 사실이었다. 그녀가 유령을 향해 너무도 친근한 목소리로 말을 건넨 것이다.

"아저씨, 나 왔어. 그동안 잘 지냈어?"

그 믿기지 않는 상황에 제프리온은 태어나 처음으로 기절이라는 것을 해 보았다.

5.

의식을 차린 제프리온의 눈에 제일 먼저 들어온 것은 희멀건 얼굴에 커다란 고리눈을 한, 사람은 아니지만 그 비슷하게 생긴 어떤 무엇이었다. 뚜렷한 형체가 없이 흐려졌다 생겼다 하는 것이 마치 예전에 본 '유령' 같았다.

'유령? 마, 맞아, 유령!'

"으아아악!"

기억이 떠올랐다. 제프리온이 폐성이 떠나가라 비명을 내지르며 후닥닥 일어났다. 소리에 놀란 듯 유령도 움찔하더니 휙 날아가 공중에 멈춰 섰다.

"너, 너…… 정체가 뭐야!"

유령의 옆에는 문제의 소녀, 엘이 있었다. 떨리는 손가락으로 그녀를 가리키며 제프리온이 소리쳤다.

"정체가 뭐냐니요? 내가 누군지 몰라요, 선배? 설마 충

격으로 기억상실증이라도 온 거예요?"

"지금 그런 걸 묻는 게 아니잖아! 니, 니 옆에 그, 그 유령 말이야! 둘이 아는 사이였어?"

사람한테 유령이랑 아는 사이냐고 물어보는 작금의 상황이 제프리온도 참 기가 막혔지만, 지금 그보다 더 중요한 질문은 없었다. 마치 절친한 친구처럼 엘의 곁에 얌전히 시립한 유령을 보며 그는 꿀꺽 침을 삼켰다.

"네, 이쪽은 윌이에요."

"······뭐?"

"말을 못 해서 진짜 이름은 모르지만, 화재 때 죽은 사람 중 한 명인 것 같아요. 한이 많은지 혼자 저승에도 못 가고 이러고 있더라고요. 윌은 그냥 내가 부르기 쉽게 붙인 거예요."

요즘 유행하는 멘탈 붕괴라는 말이 이럴 때 쓰라고 있는 것인가?

유령한테 이름을 지어 준 것도 모자라서 안쓰럽다는 듯 쳐다보는 엘의 태도에 제프리온은 어이를 상실했다.

"처음부터 왜 말 안 했어?"

"안 물어봤잖아요."

"너 저 유령 믿고 마스터에게 큰소리친 거였냐?"

"당연하죠. 이 나이에 당장 시집가서 애 엄마가 되게 생겼는데, 내가 바보도 아니고 믿는 구석도 없이 괜히 그랬겠어요?"

한마디도 지지 않고 또박또박 대답하는 모양새가 어찌나 얄미운지 제프리온은 한 대 콕 쥐어박고 싶은 심정이었다. 그러면서 갑자기 열일곱 어린 소녀(그것도 첫눈에 반한) 앞에서 기절을 했던 자신의 모습이 생각났다.

'윽.'

절로 신음이 새어 나왔다. 망신도 이런 망신이 없다. 혼자 별 상상을 하며 따라왔다가 이 무슨 꼴이란 말인가.

그래도 다행히 제프리온을 향한 엘의 시선은 전과 별반 달라진 것이 없었다. 그는 아닌 척 마음을 가다듬으며 다시 물었다.

"여긴 언제부터 들락거린 건데? 저 유령이 너한테는 해코지 안 하든?"

"좀 됐어요. 폐성의 유령 이야기가 흥미로워서 와 봤다가, 윌과 친구가 된 거죠. 다른 사람에게는 어떤지 몰라도 내게는 착한 유령이에요."

칭찬을 해 주자 신이 난 듯 윌이 요상한 소리를 내며 엘의 주변을 뱅글뱅글 돌았다. 둘은 꽤 친근해 보였다. 즐거운 듯 함께 웃는 엘을 보고 있으니 신기하게도 제프리온에게도 더 이상 유령이 무섭게 느껴지지 않았다.

"내가 마음에 들었는지 처음부터 이랬어요. 아저씨한테 선배도 공격하지 말라니까 안 하더라고요."

"아까도 그렇고, 왜 이름 놔두고 자꾸 아저씨래?"

"가끔 흐릿하게 얼굴이 보이기도 하거든요. 나이가 아주 많지는 않은 거 같고, 한 사십 대? 그 정도면 나한테 아저씨죠, 뭐."

"장부 얘기는 꺼내 봤어?"

가시를 건드렸는지 엘이 금세 시무룩해졌다. 유령과 절친이 됐어도 장부의 행방을 알기는 어려운 모양이었다.

"내가 좀 찾아봐도 될까?"

"그러세요. 내가 성의 주인은 아니지만."

걸터앉아 있던 난간에서 엘이 일어섰다. 제프리온이 기절한 사이에 이미 한 바퀴 돌아봤지만 이번에도 역시나 건진 것은 없었다.

"근데 원래 유령은 저렇게 다 다리가 없어?"

안내를 해 주겠다는 듯 월이 앞장서며 쭉 미끄러졌다. 허전한 몸통 아래가 당최 적응이 안 된다.

"그건 저도 모르죠. 유령을 본 게 월이 처음인데."

"아, 그렇지."

멍청한 물음이 아닐 수 없었다. 당연한 사실을 묻고 있다니.

'어디 쥐구멍에라도 숨고 싶군.'

유령을 보고 자신이 정신이 나간 게 분명했다.

"이곳은 위치로 봐서 응접실이었던 것 같아요. 밑동만 남은 가죽 소파에 저건 타다 남은 양탄자의 흔적이네요."

"이쯤에 브루노크 남작과 가족의 초상화가 걸려 있었겠군."

깨진 유리 파편이 주변에 산재했다. 사방이 온통 까맸지만 제프리온은 그 안에서 용케 액자 조각을 찾아냈다. 그가 장갑을 끼더니 아예 무릎을 굽히고 앉아 바닥을 뒤적거렸다.

"뭘 찾아요?"

"초상화."

"그게 남아 있겠어요?"

"여기 남았는데?"

꺼먼 재와 먼지로 범벅이 된 제프리온의 장갑 사이로 주먹만 한 크기의 종잇조각 하나가 걸려 있었다. 직각인 두 면은 멀쩡하고 나머지 한 부분에만 불에 탄 흔적이 있었다.

"후우— 후우—"

그가 입으로 바람을 불어 종이에 붙은 먼지를 털어냈다. 깨끗한 수건에다가 침을 묻혀 닦기도 했다. 그것을 몇 번 반복하자 드디어 뭔가가 보였다.

"드레스인가?"

"어디 봐요."

엘이 같이 쭈그려 앉아 그림을 살폈다. 쉬지 않고 실내를 빙빙 돌던 윌도 그녀의 옆으로 날아와 합류했다.

"음, 드레스 맞네요. 이건 머리카락이고."

"금발 같지?"

"네, 게다가 성인이 아니라 아이예요."

"아이?"

"다 큰 여자는 이런 스타일 안 입어요. 남작의 딸이 아닐까요?"

초상화가 있을 정도면 당연히 귀족의 영애일 것이고, 이곳은 남작의 성이니 그의 딸일 확률이 컸다.

'가만, 딸? 아이?'

엘은 불현듯 폐성에 당도하기 전 생존자가 있다는 제프리온의 말이 떠올랐다.

"선배, 아까 생존자가 있다고 한 말 정말이에요?"

"어, 확인은 못 했지만 그렇게 들었어."

"혹시요, 그 생존자 여자인가요?"

"그렇긴 한데……! 너 설마 이 아이가 그 아이라고 생각하는 거야?"

제프리온이 그림 조각을 쥔 채 몸을 일으켰다. 그때 돌연 월이 날아와 조각에 몸을 파묻었다. 제프리온이 손을 빼내려고 했지만 월을 힘으로 당해낼 수 없었다.

"이름이 뭐예요? 그거까지 들었어요?"

"듣긴 했는데 기억이……."

"잘 기억해 보세요! 남작의 딸 이름은 크리스티나였어요.

크리스티나 델 브루노크!"

"아니야, 그렇게 긴 이름이 아니었어. 두 글자였는
데……."

티나…….

"그래, 티나! 티나였어!"
들으니 알 것 같았다.
"분명해, 티나. 근데 지금 누가 말한 거지?"
기쁨은 잠시였다. 엘과 제프리온의 마주친 눈동자가 흔
들렸다. 그런 그들의 얼굴에는 경악이 번져 가고 있었다.

티나…….

이명처럼 울리는 소리는 윌에게서 나고 있었다. 그 소리
가 마치 둘에게는 흐느끼는 것처럼 들려왔다.

6.

또각또각.
월요일 오전 정각 9시. 활짝 열린 루센 길드의 정문으로

엘이 들어섰다. 그녀의 빨간색 하이힐이 돌바닥에 닿자 모두의 시선이 주목되었다. 미니스커트 아래 드러난 그녀의 긴 다리가 유독 빛이 난다.

"대체 그걸 어떻게 갖고 왔대?"

엘이 브루노크 남작의 거래 장부를 입수한 얘기는 삽시간에 정보계를 강타했다. 업계는 발칵 뒤집혔고, 졸지에 엘은 만남을 청하는 자들이 끊이지 않는 유명 인사가 되었다.

어느 개념 없는 길드에선 사실 확인을 위해 장부를 봐야겠다고 우겼는데, 당연히 그것은 정보가 생명인 이 업계에서 말도 안 되는 것이었다.

협약을 맺자는 제의도 상당수 들어왔으나 루센 길드에선 그 모두를 거절했다. 거기에는 말 못 할 사정이 좀 있었지만, 그건 굳이 알릴 필요도 없었고 그들이 알 방법 또한 없었다.

"유령을 때려잡기라도 한 건가?"

"이젠 안 나타난다며?"

"장부를 넘기고 승천했다잖아. 그게 말이 되냐?"

"말이 되건 안 되건 이거 하나는 확실해."

"뭐가?"

"차기 마스터가 무지하게 예쁘다는 거."

엘의 출근을 몰래 엿보며 수군거리던 길드원들이 약속이라도 한 듯 고개를 주억거렸다. 부정할 여력이 없었다. 엘

이 대놓고 여자 차림을 하자 여기저기서 한숨이 끊이지를 않았다.

나중에 안 것이지만 엘로 인해 자아 갈등까지 했던 자들도 있었다. 그들은 엘이 여자라는 소식을 듣고 오히려 안심을 했다는 후문이다.

아버지와의 약속대로 엘이 남작의 거래 장부를 멋지게 갖고 돌아왔건만, 정작 길드 내에선 그녀의 미모를 칭송하느라 거기에는 다들 관심도 없었다.

"제길, 면사라도 써야겠군."

개인 사무실이 있었기에 망정이지 하루 종일 구경거리가 될 뻔했다. 엘은 겉옷을 벗어 걸으며 오늘 당장 면사를 주문해야겠다고 결심했다.

똑똑.

"들어와."

'출근하자마자 누구야?'라며 속으로 구시렁거렸는데 반가운 이의 등장이었다.

"제프 선배!"

제프리온이 손에 꽃바구니를 들고 엘의 사무실을 방문했다.

"차기 마스터로서의 첫 출근이 어떠십니까? 어제 잠은 잘 오던가요?"

"어색하게 말은 왜 높이고 그러세요. 원래대로 하세요."

"저도 억울하지만 지금부터라도 버릇 들이려면 안 됩니다. 이거 받으세요."

그가 꽃바구니를 건넸다.

"선배한테 이런 자상한 면이 있는 줄 몰랐는데요? 축하의 뜻인가요?"

"죄송하지만 제가 아닙니다."

"아니라구요? 그럼 누구……?"

의아해하는 엘에게 제프리온이 잘 살펴보라며 바구니를 손으로 가리켰다. 시키는 대로 그녀가 이리저리 꽃들을 들추자 카드가 한 장 떨어졌다. 별생각 없이 카드를 집어 열어 보던 엘의 눈꼬리가 사납게 휘어졌다.

"사이먼 패트릭?"

"요 앞에서 만났습니다. 갑자기 급한 일이 생겼다면서 대신 전해 달라더군요."

"당장 버려 버려요!"

"예?"

"버리라고요! 싫다는데 왜 자꾸 귀찮게 구는 거야? 자기가 잘생겼으면 다야? 나는 뭐 안 예쁘나? 징글징글한 놈! 선배, 아무래도 나 앞으로 미남을 혐오하게 될 것만 같아요. 그놈이 안 좋은 선입견은 전부 심어 주네요. 아흐, 짜증 나!"

"정 그러시다면, 뭐……."

남자가 아름다운 여자를 갈망하듯이 마찬가지로 여자 또한 잘생긴 남자를 원한다. 그것은 아주 오랜 옛날부터 내려오는 절대 변하지 않는 만고불변의 진리였다.

그런 면에서 상당히 불리한 조건이었던 제프리온은 조금 전 엘의 발언으로 용기를 얻었다. 그가 문 옆의 쓰레기통에다가 장렬하게 꽃바구니를 구겨 넣었다.

"티나는 좀 어때요? 우리가 마련해 준 일자리는 좋아하던가요?"

"네, 안색도 훨씬 밝아졌고 몸 상태도 전보다 많이 나아졌습니다. 웃음소리가 자주 들린다고 하네요."

"이제라도 그녀를 발견해서 다행이에요. 윌이…… 아니, 브루노크 남작님이 부디 편안해지셨으면 좋겠어요."

유령의 정체는 놀랍게도 성의 주인이었던 브루노크 남작이었다. 화재의 유일한 생존자였던 크리스티나는 그가 애지중지 키우던 딸이었고, 그녀는 티나라는 애칭을 제외한 모든 기억을 잃은 채 이십여 년이 넘는 세월을 살아왔다.

그녀를 거둔 것은 근처 마을의 농부였는데, 가난한 탓에 제때 화상 치료를 하지 못해 어깨와 다리에 보기 흉한 큰 화상 자국을 남겼다. 불쌍하게도 그녀는 양아버지에게서 학대까지 받으며 지내고 있었다.

엘의 짐작이지만 브루노크 남작이 그녀에게만 특별했던 것은 여자인 엘을 보며 딸 크리스티나를 떠올렸던 게 아닐까 싶다.

폐성 근처로 데려온 크리스티나를 보고 오열하던 남작의 모습을 엘은 잊을 수가 없다.

딸의 생사를 알지 못해 죽어서까지 이승을 떠나지 못한 아버지.

지금에 와서 과거를 알리는 것은 그녀에게도 못 할 짓인 것 같아 남작에 관해서는 아무 말도 하지 않았다.

대신 그녀를 양아버지와 떼어 놓고, 새로운 집과 직장을 제공하여 남모르게 돌봐 주고 있었다.

대가라면 대가라고 할 수 있는 비밀 거래 장부를 남작으로부터 받았지만, 알려진 것과 달리 장부에는 어떤 대단한 비밀도 담겨 있지 않았다. 장부는 말 그대로 단순한 거래 장부였던 것이다.

엘이 차기 마스터로서의 자리는 약속받게 되었지만, 내부적으로는 그런 알릴 수 없는 진실이 숨어 있었다.

"마스터는 좀 어떠십니까?"

"여행 가셨어요. 돌아가시기 전에 봐야 할 분들이 계시다고."

"……괜찮으십니까?"

"내가 걱정이 되나 보죠?"

직설적인 그 물음에 제프리온이 대답을 못 하자 엘이 싱긋거리며 말했다.

"나 자신 있어요. 아버지가 만드신 이 길드, 절대 망하게 하지 않을 거예요. 지금보다 두 배, 세 배로 키울 거예요. 선배가 도와줄 거죠?"

"꿈이 너무 작은 거 아닙니까? 적어도 열 배는 되어야 도전할 마음이 생기죠."

"치, 알았어요. 정확히 열 배로 덩치가 커지는 날, 선배 부마스터 시켜 줄게요. 됐죠?"

"이야, 그거 참 파격적인 조건인데요? 알겠습니다! 열과 성을 다해 마스터를 보필하겠습니다. 어떤 명이든 내려만 주십시오!"

황궁의 병사들처럼 경례 자세를 취하며 제프리온이 익살스럽게 대꾸했다. 그에 엘이 망설이지 않고 첫 지시를 내렸다.

"면사 하나만 준비해 주세요. 얼굴이 완전히 가려지는 걸로."

"……에?"

"열심히 일하려면 이 미모부터 가려야 하거든요. 그럼 부탁해요, 선배!"

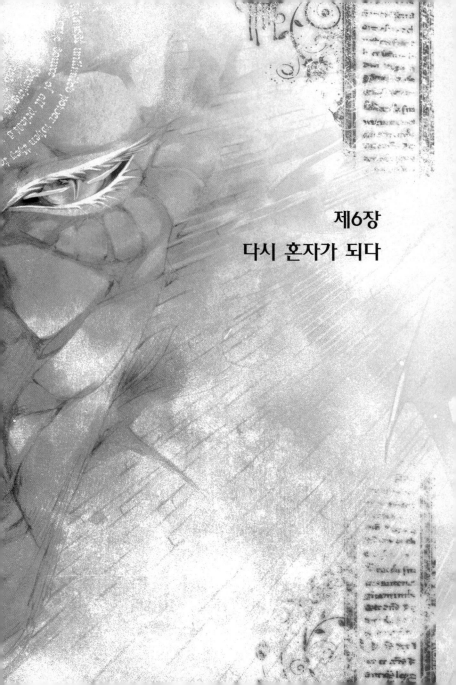

제6장

다시 혼자가 되다

1.

"사드 님의 예측이 맞았습니다. 아신 님에 대한 악의적인 소문을 퍼뜨리고 있는 자는 류나 원로였습니다. 매일 밤마다 연회를 열어 술과 고기를 내놓는 것도 모자라, 원로들에게 거액의 선물 공세까지 하고 있었습니다."

"역시 나에 대한 앙심 때문인가."

"어디 그거뿐이겠습니까."

"하긴, 고작 나 하나 처리하자고 그런 수고를 할 자는 아니지."

내 어머니를 강간하던 놈의 얼굴이 떠오르자 살의가 끓어올랐다. 지난날 놈을 죽이지 못한 것은 내가 살면서 저지른 가장 멍청한 실수였다.

"거동이 불편해진 이후로 다소 조용했지만, 아시다시피 류나 원로는 그리 만만한 자가 아닙니다. 상황이 더 악화되기 전에 얼른 거짓 소문을 잠재워야 합니다."

그래, 잠재워야지. 더 많은 이가 사실을 알게 되기 전에.

떠오르는 기억을 애써 억누르며 내가 명령했다.

"넌 계속 류나 원로를 주시하도록 하라. 연회에는 누가 참석을 하고, 그가 각별히 신경을 쓰는 자는 누구인지 주의 깊게 살피도록. 보고는 내가 하겠다."

"아신 님께선 괜찮으신 겁니까? 며칠 통 보이지 않으시던데……."

염려에 찬 수하의 물음에 난 잠시 머뭇거렸다. 나의 주인은 괜찮지 않다. 지금 그의 인생은 누군가의 고백으로 인해 송두리째 흔들리는 중이었다.

하지만 내 입에서 나온 건 수하를 안심시키는 말이었다.

"무엇을 걱정하는 것이냐. 아신 님이시다. 그깟 소문 따위에 휘둘리실 분이 아니다."

그것은 나 자신에게 해 주는 말이기도 했다. 그는 강하다. 철창에 갇힌 채 그를 처음 만나던 날, 나보다 내 몸속의 힘이 그를 먼저 알아보았다.

그에게 가.

그만이 널 거둘 수 있어.

그 속삭임에 난 홀리듯 주인이 내민 손을 맞잡았고, 그런 나의 선택은 다행스럽게도 틀리지 않았다.

그는 어머니를 제외하고 나를 특별하게 대해 준 유일한 사람이었다. 아무것도 아닌 나에게 아무것도 아닌 사람은 없다고 말해 준 것도 그였고, 어머니를 잃고 우는 나에게 웃고 난 다음에 울어야 한다고 가르쳐 준 것도 그였다.

무엇보다 나를 살리고자 후계자의 자리를 걸고 원로원과 맞서 싸운 것도 아신, 나의 주인이었다.

언제 어느 곳에서든 빛이 나시는 분.

그는 샤하가 되기 위해 태어난, 묘인국 어느 누구보다도 샤하의 자리에 어울리는, 모두를 위해서라도 반드시 샤하가 되어야만 하는 분이었다.

2.

여인의 목에서 시작된 붉은 핏줄기가 옷깃을 적시고 지상으로 뚝뚝 떨어졌다. 하얀 대리석 바닥이 금세 피로 물들며 주변 공기마저 변색시켰다.

꿀꺽.

여인의 목울대가 움직이자 손가락 사이로 피가 튀겼다. 끈적끈적한 액체가 내 이마와 뺨, 그리고 입술을 더럽혔다.

난 여인에게 시선을 고정한 채 입술에 묻은 피를 닦아 냈다. 비릿한 혈향이 코를 찌르며 내 신경을 자극했다.

어려서부터 난 피 냄새가 싫었다. 판이었던 나의 어머니는 주인의 잦은 학대로 몸이 멀쩡하신 날이 드물었다. 심한 매질이라도 당하고 오신 날이면 방 안이 온통 피비린내로 가득 차 어린 나를 두려움에 떨게 했다.

붉은 피. 그것은 나에게 원치 않는 추억을 불러일으켰다.

"방금 뭐라 했느냐?"

난 그녀의 목에 박은 손톱에 힘을 주며 다시 한 번 물었다. 당장에라도 그녀의 목을 부러뜨리고 싶었으나, 내 마지막 이성이 이곳이 궁전임을 상기시켰다.

"사, 살려 주세요……."

여인은 컥컥거리며 애원했다. 공포에 질린 그녀의 두 눈이 나를 보며 울었다.

"이만한 각오도 없이 감히 그분을 입에 담았단 말이냐?"

"자, 잘못했습니다. 제발 한 번만……."

"궁의 시녀가 허투루 입을 놀리면 어찌 되는지 모르지는 않겠지?"

"다시는, 다시는 그분 성함도 입에 올리지 않겠습니다. 제발 살려만 주십시오! 흑흑, 아이가 있습니다."

으득!

마지막 말은 내게 해서는 안 되는 것이었다. 용서란 순수한 것이다. 아이를 빌미로 동정심을 유발하는 건 내가 제일 싫어하는 짓이었다.

"잘 보았겠지?"

손톱에 묻은 여인의 피를 털어 내며 내가 돌아섰다. 구석에서 입을 막은 채 벌벌 떨고 있던 또 다른 여인이 그런 나를 보며 맹렬하게 고개를 끄덕였다.

"가서 전해라. 거짓 소문에 현혹되어 함부로 입을 놀리는 자가 있다면, 내가 친히 찾아가 명줄을 끊어 놓겠다고. 베스티유의 차기 주인은 아신 님이라는 것을 내가 똑똑히 보여 주겠다."

그 누구도, 설사 당대 샤하라 할지라도 나의 주인을 모욕한다면 가만둘 수 없었다.

그는 내게 전부였다.

그 전부를 지키기 위해서라면 난 무엇이든 할 수 있었다.

3.

내가 아신 님을 찾았을 땐 그는 홀로 앉아 술잔을 기울이고 있었다. 탁자 위가 빈 술병들로 가득했고, 실내에는 독한 술향이 진동을 했다.

어제와 같은 옷차림.

혼자 있고 싶다며 전부 물리치시더니 그대로 밤을 새우신 모양이었다. 그럼에도 한 점 흐트러짐 없는 자세는 역시나 주인다웠다.

그는 내가 왔다는 걸 알면서도 아무 말이 없었다. 난 여느 때처럼 조용히 그의 뒤로 가 섰다.

탁.

마지막 술잔이 비워졌다. 쓰디쓴 술을 하루 꼬박 드시고서도 주인의 안색에는 아무런 변화도 일지 않았다.

하지만 나는 안다.

그가 지금 힘겨운 싸움을 하고 있다는 걸.

그 싸움에 내가 보탬이 되어 드릴 수 없다는 게 안타까울 뿐이었다.

"무슨 일이야."

그렇게 얼마나 지났을까. 드디어 그가 내게 입을 뗐다.

"류나 원로에 대해 알아보고 오는 길입니다."

"류나 원로?"

"네, 소문의 근원지가 그자였습니다. 연일 초대장을 뿌려 풍성한 연회를 개최하고, 원로들에겐 고가의 선물을 동원하여 환심을 사고 있었습니다."

"이제 제법 살 만한가 보군."

"저로 인해 류나 원로는 아신 님에게 좋지 않은 감정을 품고 있습니다. 그자가 선을 더 넘기 전에 서둘러 조치를 취하셔야 합니다."

"선이라……."

돌연 그가 피식 웃었다. 난 순간 긴장했지만 다행히 이어지는 말은 없었다.

"일련의 소문들은 모두 아신 님의 입지를 좁히려는 그의 수작입니다. 비록 불구가 되었다고는 하나, 그자의 재력은 여전히 원로들 사이에서 상당한 영향력을 발휘하고 있습니다. 벌써 넘어간 자들이 있을 겁니다."

"내 사람을 의심하라는 뜻인가?"

"확실한 몇몇을 빼고는 모두를 의심하셔야 합니다. 류나 원로가 작정한 이상 어떤 약점도 잡혀서는 안 되니까요."

감추어진 진짜 진실을 숨겨야만 하는 상황이었다. 믿을 수 있는 자와 그렇지 못한 자를 속히 추려야 했다.

"그만둬. 괜한 잡음만 생길 테고, 그거야말로 상대를 돕는 꼴이니까."

"하지만 그냥 이대로 있기에는……."

"괜찮아. 내 수하들은 그렇게 호락호락하지 않아."

"그들을 믿으시는 겁니까?"

"믿어야지. 믿을 수 없을 때까지."

그것이 언제입니까?

난 묻고 싶었지만 묻지 못했다. 안 그래도 복잡한 주인의 머릿속을 나까지 복잡하게 만들고 싶지 않았다.

  "사드."

  그렇게 한참의 시간이 더 흘렀다. 빈 술잔을 만지작거리던 주인이 낮은 음색으로 나를 불렀다.

  난 내 이름을 말하는 그의 음성이 좋다. 어머니를 빼고는 누구도 그처럼 다정하게 날 불러 준 적이 없었다.

  "네."

  바로 대답했지만 그가 다시 입을 연 것은 한차례 시간이 더 지난 뒤였다.

  "내가 어떻게 하면 좋을까? 머리가 터질 정도로 고민하고 또 고민했지만 답을 모르겠어. 내가 알게 된 이 엄청난 사실을 어떻게 해야 할지 하나도 모르겠다고."

  "아신 님……."

  "너도 들었지? 이해해 달라던 어머니 말씀. 넌 그게 말이 된다고 생각해?"

  "아게르를 사랑했어! 난 아카가 아니라 아게르의 여자가 되고 싶었다고!"

  "지금 그걸 말이라고 하십니까? 그럼 애초에 아버지와 왜 결혼을 하셨어요! 하지 마셨어야죠!"

  "나도 하기 싫었어! 하지만 그가 원했어!"

"뭐라고요?"

"자기 형이 날 좋아하는 것 같다며 날 포기했다고! 그때 내가 얼마나 죽고 싶었는지 아니? 너만 아니면 난 살고 싶지 않았어!"

"이제 와서 모든 책임을 저에게 떠넘기시려는 겁니까?"

"궁으로 시집을 오고 얼마 되지 않아 널 밴 걸 알았다. 난 그의 자식인 널 두고 떠날 수가 없었어. 아신, 이 어미를 이해해 주면 안 되겠니?"

만취하신 아라다 님께서 진실을 털어놓으시던 그날 밤에도 난 지금과 같은 자세로 주인의 뒤에 서 있었다.

현 샤하의 유일한 적통이자 후계자인 아신 님이 실은 샤하가 아니라, 샤하의 동생인 아게르 님의 아들이라는 어이없는 사실을 아신 님을 낳은 친모에게서 직접 들은 것이다.

당시 나는 물론이고, 아신 님이 받은 충격은 말로 표현할 수 있는 수준이 아니었다. 주인도 그런 표정을 지을 수 있다는 걸 난 그때 처음 알았다. 쉼 없이 흔들리던 눈동자와 떨리던 입술을 아직도 잊을 수가 없다. 다시는 보고 싶지 않은 모습이었다.

"……모든 걸 이해하실 필요는 없습니다. 가끔은 해결이 안 되는 일도 있으니까요."

"누군가를 이토록 원망해 보기는 처음이야. 그런 건 약한 자들이나 하는 건 줄 알았는데."

팍—!

주인의 손아귀에 들려 있던 술잔이 결국 가루가 되어 밑으로 쏟아졌다. 다행히 손에는 작은 생채기 하나 나지 않으셨다.

"한심해."

"……."

"이런 내가 무슨 형이라고……."

주인의 음성이 바뀌었다. 보이진 않아도 눈빛 또한 변하셨으리라.

동생인 아사 님을 떠올리실 때면 주인의 얼굴은 세상 무엇보다 따뜻해지신다. 그와 가장 많은 시간을 보내는 것은 나인데도 그는 한 번도 내게 그러한 눈빛을 주지 않았다. 그것이 때때로 나는 가슴 아프다.

"낮에 아사 님께서 다녀가셨습니다. 내일도 만나러 오지 않으시면 궁으로 몸소 찾아오시겠다 하셨습니다."

"그 녀석 화 많이 났지?"

"사냥도 못 가고 계속 궁에만 계신 것이 답답하신 것 같았습니다."

"그럴 거야. 여기서는 녀석이 할 일이 별로 없으니까. 계획대로라면 벌써 갔다 왔을 텐데."

"후회…… 하십니까?"

지난밤, 아라다 님의 부름에 응하지만 않았더라면 이번 사달은 일어나지 않았을지도 모른다. 주인은 예정대로 아사 님과 사냥을 갔을 것이고, 두 분의 사이는 전혀 이상이 없었을 것이다. 아라다 님 또한 영영 입을 닫으셨을 수도 있다.

그러면 모든 것이 평화로웠을 텐데.

이제 와서 생각해 봤자 다 쓸데없는 것이지만, 아쉬운 마음이 드는 것은 어쩔 수가 없었다.

"언제가 되었든 알게 될 거였어. 단지 그 시기가 지금일 뿐이지."

"이제라도 아게르 님을 만나 사실 확인을 해 보시는 건……."

"아니, 어머니께 들은 걸로 충분해. 그리고 그 둘이라면 다신 보고 싶지 않아. 그러니 앞으로 이름도 꺼내지 마. 특히 숙부에 관한 건 더더욱."

서로를 빼닮은 외모 덕분에 어린 시절부터 아버지인 샤하보다도 숙부 아게르 님을 더 따랐던 주인이었다. 믿고 의지했던 만큼 배신의 척도가 크신 것이다. 이번 일로 주인은 자존심에 너무나도 큰 상처를 입으셨다.

"아사한테 가서 전해. 다음 주에는 꼭 갈 거니까 얌전히 기다리고 있으라고."

"······직접 밝히실 생각이십니까?"

"아무래도 그래야겠지."

주인의 말투가 흔들렸다. 아직도 고민하고 계시다는 증거다.

그냥 이대로 넘어가실 수는 없는 겁니까?

난 차마 물을 수 없는 말을 홀로 되뇌었다.

사실을 아는 이는 단 넷뿐이다. 나와 주인, 그리고 당사자인 아라다 님과 아게르 님. 그렇게 넷만 입을 다문다면 조용히 묻힐 수 있는 얘기인 것이다.

하나 주인의 성격은 내가 잘 안다. 부러질지언정 절대 휘어지지는 않는 올곧은 성품. 그것이 그가 샤하의 아들로서 이제껏 살아온 방식이었다.

"사실 거짓말이야. 말은 이렇게 하면서도 진짜로는 망설이고 있어. 결심을 하더라도 막상 가서는 입이 떨어지지 않겠지."

"저였어도 그랬을 겁니다."

"다 좋아. 내 인생이 완전히 바뀌는 일이니까 당연히 그럴 수 있지. 그런데 말이야, 내가 가장 참을 수 없는 게 뭔지 알아?"

그의 긴 머리칼이 어깨 위에서 출렁거렸다. 나의 눈이 잘못된 것이 아니라면 나를 돌아보는 주인의 은백색 눈동자에 떠오른 것은 부끄러움이었다.

"아사만 없었다면…… 그 녀석만 없었더라면 내가 이런 고민은 하지 않아도 됐을 텐데, 라고 생각한다는 거야. 나 참 비겁하지?"

"사람은 누구나 비겁합니다. 지키고 싶은 게 있다면 특히 더."

"아사는 내 동생이야. 내가 그토록 돌아오길 원했던 내 동생이라고. 아무리 잠시였다지만 그 녀석이 다시 사라지길 바랐다니, 나 자신이 너무 수치스러워서 견딜 수가 없어. 나 같은 형이 또 있을까?"

아사 님이 사라지신다……?

주인이 물었지만 난 대답할 수가 없었다. 아사 님이 사라지길 바랐다는 주인의 말만이 자꾸만 뇌리에서 되풀이되었다.

왜 생각하지 못했을까?

아사 님만 없으면 모든 게 제자리를 찾을 수 있다. 주인이 누구의 자식이건 상관없이 계속 샤하의 후계자로 남을 수 있는 것이다.

나쁜 분은 아니시나 아사 님은 샤하의 재목감이 아니었다.

그만 사라지면 된다.

일련의 계획들이 내 머릿속을 빠르게 오가기 시작했다.

4.

멀리 베스티유가 보였다.

묘인국에서 유일하게 전 계급이 모여 사는 곳.

5년 전, 그 일이 있기 전까지만 해도 난 내가 저곳에서 살게 될 줄 몰랐다. 마찬가지로 그를 두고 홀로 떠나게 될 줄도.

아마 난 후회하겠지.

다신 그를 볼 수 없을 테니까.

하지만 여기서 그만둘 생각은 없다. 중간에 멈출 거였으면 애초에 시작도 하지 않았을 것이다. 꼭 해야만 하고, 세상에서 오직 나만이 할 수 있는 일이었다.

"사드! 사드!"

해가 서서히 서산으로 넘어갈 즈음, 드디어 기다리고 있던 그가 왔다. 함께 있으면 없던 기운도 생길 만큼 밝은 영혼을 지니신 분.

그는 아신 님의 동생이자 오늘 내가 없애야 할, 아사 님이었다.

그의 굽이치는 황금색 머리가 노을빛에 반사되어 투명하게 빛났다. 그는 나를 향해 한 점 의심도 없이 손을 흔들며 다가오고 있었다. 입가에는 환한 미소를 지은 채.

나는 저 미소가 늘 부담스럽다. 그는 다른 이들처럼 나를 무서워하지도 동정하지도 않는다. 방울을 차고 있던 나를 처음 본 그날에도 그는 날 하나의 인격체로서 대우했다.

나를 진심으로 대해 준 몇 안 되는 이들 중 하나가 그라는 사실이 나에게 씁쓸한 기분을 들게 했다.

"오셨습니까?"

내 앞으로 폴짝 뛰어오르는 그를 보며 난 바닥에 몸을 납작 엎드렸다. 손바닥과 무릎에 닿은 지면의 감촉이 유난히 차갑게 느껴졌다.

"됐어. 우리 사이에 무슨."

나의 마지막일지도 모르는 인사를 가벼이 넘기며 아사 님이 주위를 두리번거렸다.

"근데 형은? 형이 안 보이네?"

"조금 늦으실 것 같다고 제게 먼저 가 보라고 하셨습니다. 사냥하고 계시다 보면 곧 도착하실 겁니다."

"치, 얼마나 늦으려고 혼자 사냥을 하고 있으래?"

말은 그래도 아사 님의 표정은 기대에 차 있었다. 근 한 달여 만에 같이하는 시간이니 기쁘시기도 할 것이다. 별안간 독한 약이라도 마신 것처럼 속에서 쓴 물이 올라왔다.

"제가 모시겠습니다."

"응, 부탁할게. 오늘은 류지도 없어서 많이 심심할 것 같거든."

"어디…… 가셨습니까?"

"누가 찾는다나 봐. 카사마조에 갔어."

그가 그곳에 갔다는 건 이미 알고 있다. 그를 지명한 것이 바로 나이니까. 웃으며 앞장서는 아사 님의 뒤를 난 말없이 조용히 뒤따랐다.

"사드, 우리 이렇게 된 거 오늘은 멀리까지 가 볼까? 형골탕 좀 먹여야겠어. 늦은 벌이야. 킥킥, 나 찾는다고 고생좀 하라지!"

푸른색 터번을 점검한 뒤 아사 님이 달리셨다. 순식간에 그의 모습이 시야에서 사라졌다. 그의 체취를 쫓아 나도 뛰었다. 멀리 가자는 말씀이 진심이셨는지 아사 님은 한동안꽤 빠른 속도로 숲을 질주했다.

"헉헉, 이만하면 됐겠지?"

우리가 멈춘 곳은 듬성듬성 풀밭이 자리한 어느 공터였다. 무릎에 손을 얹고 허리를 숙인 채 아사 님이 숨을 헐떡이셨다.

'지금이다.'

그 순간 본능이 내게 외쳤다. 지금이야말로 끝장을 낼 시기라고. 가쁘게 오르락내리락하는 아사 님의 등은 완전히 무방비 상태로 노출되어 있었다.

팟!

망설임은 없었다. 열 손가락 전체에서 손톱이 튀어나오

고 난 아사 님을 향해 돌진했다.

"아아악!"

창졸간에 벌어진 일이었다. 그가 끔찍한 비명을 내지르며 앞으로 고꾸라졌다. 난 다시금 그의 목을 노렸다.

쇄애애액!

잠시라도 틈을 주어서는 안 된다. 역공이 두려운 것이 아니라, 나 자신이 멈출까 봐 그것이 무서웠다.

피가 튀고 살점이 뜯기는 잔인한 풍경이 이어졌다.

너무 놀라신 탓일까?

얼이 빠진 얼굴로 나를 바라보기만 하실 뿐, 아사 님은 반격 한 번을 하지 못하신 채 내 모든 공격을 고스란히 다 맞으셨다. 잠깐 사이에 그의 몸은 만신창이가 되었고, 숲은 피바다가 되었다.

이제 마지막 숨통을 끊는 일만이 남았다. 난 오른손을 뒤로 뺐다가 힘껏 앞으로 뻗었다.

"사, 사드……."

하지만 갈라진 음성 때문이었을까. 내 손은 목적을 이루지 못하고 중간에 멈춰 섰다.

"왜…… 대, 대체 왜……."

그래, 궁금하실 것이다. 세상 누구보다 따르고 좋아하던 형의 수하가 어느 날 갑자기 죽이고자 덤비고 있으니 얼마나 어이가 없을까.

난 약해지려는 마음을 다잡으며 차갑게 내뱉었다.

"아신 님의 뜻입니다."

"뭐······?"

"아신 님은 다음 대 샤하가 되실 분입니다."

"누가 그걸 몰라? 그건 당연히······!"

"분란의 싹은 일찌감치 제거하는 것이 이 세계의 법칙입니다."

"서, 설마····· 내가 자리를 노릴까 봐······."

"지금은 아니실지 몰라도 언젠가는 변하실 수 있으니까요."

"말도 안 돼! 아니야, 그럴 리 없어! 형이······ 다른 사람도 아니고 형이 날 그렇게 생각했을 리 없다구!"

"아신 님이 지금 어떤 생각을 하고 계실지 아사 님은 상상도 하지 못하실 겁니다."

사실을 말해 그의 마지막을 편하게 해 줄 수도 있었지만 난 그러지 않았다. 그러기 싫었다는 게 솔직한 표현이리라. 그의 절규를 애써 모른 척하며 난 끝까지 비겁함을 선택했다.

안녕히 가십시오.

들리지 않을 인사를 건네며 난 멈추었던 것을 실행에 옮겼다.

"커억!"

내 손톱이 아사 님의 배에 깊숙이 박혔다. 살 속을 파고 드는 이 느낌은 몇 번을 반복해도 익숙해지지가 않는다. 손을 통해 전해지는 뜨끈한 기운이 소름 끼치도록 기분 나빴다.

"쿨럭!"

비틀거리며 물러나는 아사 님의 입에서 굵은 핏덩이가 토해졌다. 온몸이 피투성이가 되고서도 여전히 믿기지가 않는 듯 그의 두 눈에는 의혹이 서려 있었다. 한 방울의 눈물과 함께.

내가 한 발짝 움직였다. 그러자 그가 움찔하며 뒷걸음질 쳤다.

그 순간 왜였을까?

내 속에 아직 양심이라는 것이 남아 있었는지, 아니면 나를 같은 일족으로서 대해 준 그에 대한 미안함 때문인지 내 머릿속과는 다른 말이 입에서 흘러나왔다.

"도망가십시오. 가능한 한 멀리 달아나서 다시는 돌아오지 마십시오."

"시, 싫어. 내가 왜……!"

"이 숲에 다시 나타나시는 순간 저는 당신을 죽일 겁니다."

나의 협박에도 불구하고 아사 님은 머뭇거렸다. 하지만 내가 한 걸음 다가서자 결국 체념하고 뒤를 돌아 달리기 시작했다.

하루? 이틀? 운이 좋으면 사흘이다.

이 험한 숲속에서 저 몸을 하고 아사 님이 버틸 수 있는 시간은 그리 길지 않다. 피 냄새를 맡고 모여드는 짐승들을 피하기에도 역부족이실 것이다.

난 눈을 감고 바닥에 앉았다. 이곳에서 딱 열흘만 있다가 돌아가는 거다. 아사 님이 숲에서 살아남든지 돌아가시든지 이 길로 되돌아오시지만 않으면 그걸로 된 거다.

내가 할 일은 거기까지였다.

5.

심장이 떨어져 나가는 아픔이란 게 이런 것일까?

괴기스럽게 일그러지는 주인의 얼굴을 보며 난 차마 말을 잇지 못했다. 어쩔 수 없는 일이었지만, 그에게 고통을 주었다는 사실이 나를 괴롭게 했다.

"누가 누굴 어떻게 했다고……? 사드…… 아니지?"

"실망시켜 드려 죄송합니다."

"네, 네가 어떻게……!"

"벌을 내리시면 달게 받고, 떠나라시면 떠나겠습니다."

주인의 시선을 피해 눈을 내리깐 채 내가 말했다. 분노와 충격으로 부르르 떨리는 주인의 손이 낮아진 내 시야에 들어왔다. 있는 힘을 다해 참고 계신 것이리라.

"아니라고 말해. 당장! 아니면 네가 죽어."

"……."

"말하라니까!"

콰쾅!

가구들이 뒤집혔다. 주인이 내뿜는 기세를 이겨 내지 못하고 물건들이 부서졌다. 실내 안임에도 강풍이 불고 옷자락이 펄럭였다.

오늘 난 여기서 죽겠구나.

주인이 이처럼 화가 나셨을 경우엔 반드시 누구 하나는 죽게 되어 있다. 아사 님을 없애기로 정한 그 순간부터 난 이런 상황을 예감했다. 그래선지 생각보다 담담했다.

"제가 아사 님을 죽였습니다. 직접 시체를 보진 못했지만, 그 몸으로는 숲에서 버티기가 어려우실 겁니다."

"네, 네놈이 정말……!"

"묘인국을 위해서라도 아신 님이 샤하가 되셔야 합니다. 저는 옳은 일을 했다고…… 크악!"

보이지 않는 무언가에 떠밀려 내 몸이 구석으로 날아가 처박혔다. 뾰족한 것에 찔리기라도 한 듯 등 전체가 화끈거렸다.

"일어나."

주인이 무겁게 명령했다. 그러나 난 바로 일어서지 못했다. 넘어지면서 어딘가에 옷가지가 걸린 것 같았다.

"어서 일어나지 못해!"

내가 머뭇거리자 주인이 폭발했다.

콰아앙!

실내가 다시 한 번 폭풍에 휘말렸다. 온갖 물건들이 공중으로 치솟았다가 가루가 되어 흩날렸다. 자욱한 먼지가 온 방 안을 에워쌌다.

"크흡."

난 바닥에 널브러진 채 오른쪽 어깨를 살폈다. 그런 나의 눈이 둥그렇게 커졌다 작아졌다. 오른팔이 뜯겨 나가고 없었기 때문이다.

그 사실을 자각한 순간 엄청난 통증이 뇌리를 강타했다. 피가 콸콸 쏟아지는 어깨를 왼손으로 틀어막으며 난 간신히 고개를 들었다.

"유린, 거기 있는 거 알아. 나와."

나를 향한 주인의 은백색 눈동자에 떠오른 건 후회였다. 지난날 날 살려 내신 걸 후회하고 계신 것이다. 각오했던 일임에도 난 속이 울렁거렸다.

잠시 후 쭈뼛거리며 유린이 들어섰다. 녀석은 내 꼴을 보고 무척이나 놀란 듯 한동안 입을 다물지 못했다. 난 신음을 내지 않기 위해 어금니를 꽉 깨물었다.

"아사가 숲에서 길을 잃었다. 지금 당장 병사들을 데리고 나가 찾도록 하라. 만에 하나 죽었…… 다면 시체라도 가져오도록."

"명, 받겠습니다. 헌데 사드 님은 괜찮으신 겁니까?"

"왜? 너도 팔이 근질근질한가?"

"아, 아닙니다. 속히 다녀오겠습니다!"

살벌한 주인의 말투에 기겁하며 유린이 급히 사라졌다.

"가라."

그렇게 얼마나 흘렀을까.

한참을 말이 없던 주인이 드디어 입을 열었다.

"다시는…… 보고 싶지 않다."

"……!"

그것이 끝이었다. 주인의 눈동자가 잠깐 흔들리는가 싶더니 곧 내게서 돌아섰다. 그간 수없이 보고 지낸 주인의 뒷모습인데 이상하게 그 순간 가슴 한쪽이 욱신거렸다.

이제 정말 그를 떠나야 한다.

그 하나의 사실이 나로 하여금 비통에 잠기게 했다.

마음 한편에선 지금이라도 무릎을 꿇고 용서를 빌라고 외쳐 댔지만 난 그러지 않았다. 아니, 그러지 못했다는 게 맞을 것이다. 아사 님이 살아서 돌아오시지 않는 이상 주인은 날 보지 않으실 테니까.

그것을 누구보다 가장 잘 아는 나이기에 이 순간이 참

서글프다. 그에게 난 절대 첫 번째가 될 수 없었다.

　부디 건강하십시오.

　난 멀어지는 그의 등에 대고 예를 다해 절을 올렸다. 잘린 팔뚝에서 극심한 고통이 느껴졌지만, 그의 신뢰를 잃어버린 통증에 비할 바는 아니었다.

　난 그렇게 다시금 혼자가 되었다.

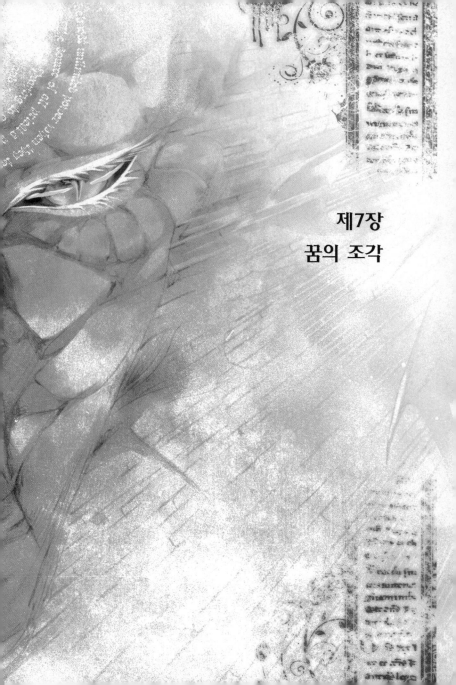

제7장
꿈의 조각

Another Story

1.

응? 저게 뭐지?

반쯤 떠진 나의 눈에 이상한 것이 보였다. 얌전히 책장에 꽂혀 있어야 할 책들이 공중을 붕붕 떠다니고 있었기 때문이다. 헛것을 보았나 싶어 눈을 감았다가 다시 떠 보았지만 역시나 변한 것은 없었다.

라키아랑 아사가 술병 대신 책 주고받기 놀이라도 하는 중인가? 전적이 있는 그들이니 충분히 가능했다.

소중히 다뤄야 할 책들을 함부로 굴리다니!

이번 기회에 둘 다 따끔히 혼을 내 주리라 다짐하며 내가 소리쳤다.

"라키, 아사! 너희 진짜…… 에?"

그러나 호기롭게 친구들의 이름을 외치며 일어서던 난 멈
칫했다. 책에 정신이 팔려 미처 깨닫지 못했다. 여긴 내 성
이 아니었다.

하지만 결코 낯설지 않은 곳.

이곳은 세이프리드의 레어, 정확히는 내가 도서관이라 명
명한 곳이었다.

뭐가 어떻게 된 거지?

분명 난 성의 내 서재에서 책을 읽고 있었다. 제목도 기
억한다. 어렵게 수소문해서 구한 『자본의 혁명』이라는 책이
었다.

설마 나도 모르는 사이에 대지의 숨결이 발동이라도 한
것일까? 여태 한 번도 그런 적은 없었지만 그게 아니라면
설명할 길이 없다.

난 어리둥절해하며 소파에서 완전히 몸을 일으켰다(내가
누워 있었다는 사실도 그때야 알았다).

"이게 대체 무슨 일인지."

혼잣말을 하며 뒤를 돌아선 그때였다. 난 벼락이라도 맞
은 사람처럼 자리에 우뚝 멈춰 섰다. 나의 두 눈을 도저히
믿을 수가 없었다.

"다, 당신은……!"

그였다. 세이프리드.

지금의 나를 있게 한 스승이자 아버지 같은 존재.

그가 양손으로 허공을 주무르며 책들을 조종하고 있었다. 그의 손짓에 따라 책들이 춤을 추듯 이리저리 움직였다.

꿀꺽.

너무 놀란 탓일까. 꿀 먹은 벙어리라도 된 양 입술이 벌어지지 않았다. 난 떨리는 가슴을 애써 잠재우며 한 걸음 그에게 다가섰다. 꿈인지 아닌지 직접 확인해 볼 심산이었다.

휘릭—

그때 두꺼운 책 한 권이 그의 손에 가 떨어졌다. 책등에 큼직하게 쓰여 있는 글자가 어쩐지 친숙했다.

"이건 자주 읽게 될 테니 아래가 좋겠군."

책을 내려다보는 세이프리드의 표정은 따뜻하면서도 어떤 희망에 차 있었다. 그가 손가락을 튕기자 마치 파도에 떠밀리듯 책이 부드럽게 책장으로 가 꽂혔다. 내가 손을 뻗으면 꺼내기 딱 좋은 위치였다.

엇? 그러고 보니……!

내 시선이 다시 공중에 떠 있는 책들로 향했다. 수를 헤아릴 수 없을 정도의 많은 책들이 허공에 아무렇게나 퍼져 있었다.

그러나 그것들이 책장에 꽂히는 순간에는 저마다 규칙이

있었다. 마법, 검술, 문학, 예술, 사회, 역사 등 각기 유형별로 찾기 쉽게 정리가 되고 있었던 것이다.

그중에서도 앞서 그가 살폈던 책처럼 평소 자주 보아야 할 것들은 특별히 꺼내 보기 편한 위치에 몰려 있었다.

그제야 난 알 것 같았다. 그가 왜 이런 작업을 하고 있는지. 그는 자신을 위해 이런 수고를 하는 것이 아니었다.

나, 달리 말해 그의 용언 마법을 이어받을 계승자를 위해 그는 손수 도서관을 정비하고 있는 것이었다.

'세이프리드……'

당신은 이런 모습이었군요.

책 정리에 몰두한 그의 옆모습을 난 한동안 뚫어지게 바라보았다.

언제나 궁금했었다. 누군지도 모르는 대상을 위해 자신의 남은 수명까지 버려 가며 모든 걸 남기고 간 그는 당시 어떤 기분이었을까.

아까운 생각은 들지 않았을까?

곧 죽어야 할 때를 기다리며 두렵지는 않았을까?

이미 오래전에 지나 버린 과거이지만, 난 내심 그가 그러지 않았으면 하고 바랐었다. 나의 이기심일지 몰라도 그가 조금은 계승자를 기대하며 들뜬 마음으로 준비해 주었기를 소원했다. 그러면 책임감을 느끼고 더 열심히 마법을 수련할 수 있을 것 같았으니까.

나의 눈이 틀리지 않았다면 세이프리드는 내가 원하던 모습과 비슷했다. 즐거운 듯한 표정과 다정한 말투가 그 증거였다. 나를 위해 시간을 할애하며 미소 짓고 있는 그의 얼굴은 나만큼이나 행복해 보였다.

다행이야.

그 순간에는 꿈이라도 좋다고 생각했다. 이런 꿈이라면 매일같이 꾸고 싶었다.

"주인님."

내가 홀린 듯 멍하니 웃고 있을 때였다. 불쑥 누군가의 음성이 끼어들었다. 자연스레 내 고개는 돌아갔고, 세이프리드를 보았을 때만큼이나 눈동자가 커졌다.

"이그나시오."

그래, 저 이름이다.

내 기억 속 그의 가디언의 이름.

세이프리드에게서 지식을 전이 받을 때 딸려 온 기억의 일부 중 가장 많은 자리를 차지했던 이. 그의 실체를 마주한 난 적지 않게 놀랐다.

그가 유니콘이었단 말인가?

인간은 아닐 거라 생각했지만 이건 정말이지 예상 밖이었다.

"늦어서 죄송합니다. 팔찌를 회수하는 데에 시간이 좀 걸렸습니다."

이그나시오가 머리를 숙이고 정중히 아뢰었다. 황금색 갈기가 밑으로 쏟아지며 그의 이마에 난 뿔을 뒤덮었다.

"괜찮다. 갔던 일은 어떻게 되었느냐?"

"무사히 잘 끝냈습니다. 제국뿐 아니라 대륙 전체로까지 소문이 번졌습니다."

갑자기 이그나시오의 몸이 불타올랐다. 깜짝 놀란 내가 어깨를 움츠린 반면 세이프리드는 아무런 미동도 없었다. 그리고 잠시 후, 유니콘이 아닌 웬 미청년이 모습을 드러냈다.

묘인족인 아사처럼 유니콘 또한 인간형으로 변신할 수 있다는 걸 알고는 있었지만, 눈앞에서 실제로 봤기 때문인지 무척 신기했다.

그는 유니콘일 때와 마찬가지로 미모가 출중하였는데, 살짝만 건드려도 왠지 쓰러질 것 같은 가냘픔이 느껴지는가 하면, 반대로 무엇이든 날카로운 뿔로 도려낼 것 같은 잔인함이 풍기기도 했다.

유니콘의 형상일 때보다 상대적으로 뿔의 크기가 줄어들었지만, 여전히 내 눈에는 위협적이었다.

"보십시오."

이그나시오가 세이프리드에게 다가가 조심스럽게 무언가를 건넸다.

'어? 저건!'

내게도 익숙하다면 익숙하다고 할 수 있는 그것은 책이었다.

앞표지에 『아티팩트 구별법』이라 써진 아주 낯익은 책.

내가 그 책을 처음 발견했을 그때처럼 세이프리드가 첫 장을 넘기고 쭉 읽어 내려갔다. 그러던 그가 자신이 만든 팔찌에 대한 부분이 나오자 피식 웃었다.

"훗, 대지의 숨결이라."

"인간들이 멋대로 그리 부르기 시작하였습니다. 벌써부터 레어에 욕심을 내는 자들이 많습니다."

"걱정하는 거라면 그만두어라. 레어의 개방은 모든 준비가 완벽히 끝났을 때 실행할 거니까. 지금은 누구도 이곳에 들어올 수 없다. 설령 이것을 가졌다 해도."

세이프리드가 책 안쪽에서 뭔가를 꺼내 들었다. 작은 뱀을 연상시키는 금과 앰버로 이루어진 팔찌.

난 황급히 왼손을 들어 살폈다. 다행히 대지의 숨결은 나의 손목에 얌전히 감겨 있었다.

역시 꿈이었구나.

내 것과 똑같은 팔찌를 들고 어딘가로 향하는 그의 뒤를 따라가며 난 이곳이 꿈속임을 확신했다.

덤으로 대지의 숨결이 세이프리드에 의해서 인간 세상에 알려지게 되었다는 사실을 깨달았다. 죽기 전 그는 인간이 계승자가 되길 원했다. 대지의 숨결이 세상에 드러난 건 인간들을 레어로 불러들이기 위한 그의 계략(?)이었던 것이다.

"드디어 채웠군."

짐작대로 그가 도착한 곳은 아티팩트를 모아둔 방이었다. 그가 장식장을 열고 대지의 숨결을 넣었다. 이름표만 없을 뿐, 그의 말처럼 열 개의 장신구가 모두 채워졌다.

이렇게 보고 있으니 감회가 새롭다.

어머니께 드린 봄날의 오후.

레지나와 폐하를 살린 그림자의 춤과 신의 은총.

엘과 아사에게 줬던 바람의 벗과 헤이어달의 의지.

그 외에 아직 사용해 본 적 없는 눈물의 여왕과 화염의 불꽃, 여신의 방패, 작열하는 빛까지. 모두가 지금의 나로서도 구하기 어려운 엄청난 아티팩트들이다.

"감사합니다."

꿈인 줄은 알지만 난 세이프리드에게 고마움을 전했다. 나를 위해 마련한 아티팩트를 바라보며 뿌듯해하는 그의 얼굴을 보니 그냥 지나칠 수가 없었다.

내가 가진 모든 것들이 그의 이러한 정성과 노력이 있었기에 누릴 수 있었다는 것을 자각하자 새삼 감동이었다. 비록 꿈이라고는 하나 그가 나의 진심을 알아주었으면 좋겠다.

그때였다.

이제껏 나의 존재를 모르는 것처럼 행동하던 그가 갑자기 나를 향해 돌아섰다.

그리고 들려오는 목소리.

"내가 더 고맙다고 이미 말하지 않았던가?"

그의 빛나는 황금색 눈을 마주하자 온몸이 떨렸다. 묘인국에서의 첫 만남이 떠오르며 난 설레기 시작했다.

2.

"으아아아! 리아아아안!"

하지만 안타깝게도 나의 설렘은 오래 지속되지 못했다. 별안간 무대가 레어에서 성으로 바뀌더니 아사가 튀어나왔다. 녀석이 몹시도 다급한 기색으로 집무실의 문을 박차고 안으로 뛰어들어 왔다. 표정으로 보나 행동으로 보나 뭔가 잘못을 크게 저지른 게 분명했다.

아니나 다를까.

"야, 되다 만 고양이! 너 거기 안 서! 내가 한 번만 더 내 방에 허락 없이 들어오면 뼈도 못 추릴 거라고 했지! 근데 감히 몰래 숨어들어 온 것도 모자라서 물건을 훔쳐 가? 네가 요즘 사는 게 재미가 없지? 그치?"

반쯤 열려 있던 문을 발로 뻥 차며 라키아가 등장했다.

벌게진 얼굴로 씩씩대는 모양새가 왠지 쉽게 끝날 것 같지 않은 분위기였다.

"내가 훔친 거 아니라니까! 왜 사람 말을 못 믿냐!"

내 등 뒤로 아사가 쪼르르 달려와 숨었다. 어깨에 와 닿는 녀석의 숨결은 정말로 겁에 질려 있었다.

훔쳤군.

이번에는 녀석의 편을 들어줄 수 없게 되었다. 아사는 거짓말을 하면 티가 나는 성격이었다. 애초에 물건을 훔치지 않았다면 이렇게 도망을 치지도 내 뒤에 숨지도 않았을 것이다.

아무래도 긴 싸움이 될 것 같다. 꿈에서까지 두 녀석의 전쟁을 중재해야 하다니.

후우!

내 입에선 절로 한숨이 새어 나왔다.

"사람 같은 소리 하고 있네. 네놈이 되다 만 고양이지, 어떻게 사람이냐? 다 됐고, 좋은 말로 할 때 당장 갖고 와라. 안 그러면 진짜 인생 하직해야 할 테니까."

어금니를 문 채 협박하는 모습이 사뭇 살벌했다. 장난이 아님을 감지했는지 망설이던 아사가 결국 사실을 실토했다.

"어, 없어!"

"뭐?"

"나한테 없다구!"

라키아의 미간에 몇 가닥 주름이 잡혔다. 날아가려는 이성을 필사적으로 막고 있는 게 틀림없었다.

"훔쳐 간 건 네 녀석인데 왜 없어? 설마 그새 어디 팔아치우기라도 한 거냐? 그래?"

도리도리.

"그럼?"

"……줬어."

"주다니? 누굴?"

"말하기 전에 하나만 약속해. 아무도 때리지 않겠다고."

"그 아무도에 되다 만 고양이 네놈만 포함되지 않는다면 약속하지."

"진짜지?"

"그래. 누구야, 그게?"

이젠 나까지 궁금할 지경이었다. 라키아의 물건을 대체 누구에게 주었길래 녀석이 자신보다 상대를 더 걱정하는지 호기심이 들었다.

"파커."

"……누구?"

"파커 말이야. 드래곤 기사단 부단장."

의외의 인물에 나는 물론이고 라키아의 인상이 기이하게 일그러졌다. 아사의 친절한 설명이 이어졌다.

"부단장한테 여동생이 한 명 있는데, 그 애가 흰머리 널 좋아한대. 네 물건 하나만 갖다 달라고 엄청 조르나 보더라고. 그래서 내가 그랬지. 내가 가져다줄 테니, 날 사냥에 끼워 주는 게 어떻겠냐. 기사단이 곧 트롤을 잡으러 갈 거라는 얘기를 들었거든. 헤헤, 리안. 이런 걸 보고 거래라고 하는 거 맞지?"

지금은 웃을 때가 아니라고 말해 주고 싶었으나, 아사의 천진한 표정을 난 차마 모른 척할 수가 없었다.

……으응.

라키아의 눈치를 살피며 난 살짝 고개를 끄덕였다(다행히 라키아의 신경은 다른 곳에 쏠려 있었다).

"파커 그 자식이란 말이지."

"흰머리 너 분명 안 때린다고 약속했다! 부단장 괴롭히면 절대 안 돼! 그럼 내 거래도 무효가 된다고 했단 말이야!"

"때리지만 않으면 되는 거 아닌가?"

"뭐, 뭐야?"

"나는 단장, 그놈은 부단장. 고로 내가 상관이라 이 말씀이지."

"너, 너 설마……!"

훈련을 빙자한 라키아의 무시무시한 기합은 이미 성내에 정평이 나 있었다. 나는 잠시 눈을 감고 부단장의 안녕을 빌었다.

하필 라키아라니.

그는 상대를 잘못 골라도 한참 잘못 골랐다.

"나와."

라키아의 관심이 다시금 아사에게로 돌아왔다. 그가 조용히 따라오라는 듯 손가락을 까딱였다.

"으으, 끈질긴 놈."

꿍얼거리며 아사가 내 쪽으로 더 찰싹 붙었다. 딱하지만 그런다고 봐줄 라키아가 아니었다.

"좋게 말할 때 그만 나오시지?"

"흰머리 넌 정상참작이라는 것도 모르냐! 사실대로 말했으니 좀 봐줘야지!"

"봐주긴 뭘 봐줘! 네놈이 훔쳐 간 게 어떤 물건인지 알기나 해!"

"내가 훔친 건데 당연히 알지! 흰머리 네 이름이 새겨진 손수건이잖아!"

"그래, 돌아가신 어머니께서 직접 수놓아 주신 하·나·뿐·인· 손수건이다."

"헙!"

"이제 되다 만 고양이 네가 얼마나 큰 죄를 저질렀는지 잘 알겠지?"

낮게 깔린 라키아의 음성은 순식간에 실내를 공포스럽게 만들었다. 그에 겁을 먹은 아사가 질겁하며 뒤에서 나를 와

락 껴안았다.

"리안, 어떡해! 나 무서워! 흰머리가 나 죽일 건가 봐! 나 좀 살려 주라!"

"아, 아사…….""

"난 이렇게 빨리 죽고 싶지 않다구!"

난감한 상황이 아닐 수 없었다. 한 녀석은 도움을 요청하고 있고, 또 다른 한 녀석은 끼어들면 알아서 하라는 눈빛을 보내고 있고. 고래 싸움에 새우 등 터진다고 하더니, 내가 딱 그 짝이었다.

"쿡쿡."

갑자기 웃음소리가 들린 것은 내가 이러지도 못하고 저러지도 못하고 있을 때였다. 나와 라키아, 아사의 시선이 동시에 한데 모아졌다.

"세이프리드!"

가장 놀란 건 나였다. 가 버린 줄 알았던 그가 소파에 앉아 우리를 보며 웃고 있었던 것이다.

"세이프리드? 설마 그 드래곤?"

"와아! 당신이 리안이 말했던 드래곤 아저씨?"

세이프리드에게 감사 인사라도 해야 할 판이었다. 방금 전까지 죽네 사네 하던 녀석들이 약속이라도 한 듯 세이프리드 곁으로 모여들었다.

"나를 알고 있나?"

"당근이지! 리안한테 무지 특별한 존재잖아. 전에 리안이 뭐라더라. 아버지 같은 사람이라던가? 아, 사람은 아니니깐 드래곤 아버지? 드래곤 아빠?"

"아사!"

당황한 난 이곳이 꿈속이라는 것도 잊고 녀석의 입을 손으로 틀어막았다. 그를 그렇게 여겨 온 것은 사실이나 온전한 내 생각일 뿐이었다. 세이프리드는 싫어할지 모른다.

"아버지라······."

그가 눈을 들어 나를 쳐다봤다.

두근두근.

그는 뭐라고 답을 할까. 나는 계승자일 뿐 아무것도 아니란 말을 듣게 될까 봐 괜스레 가슴이 조마조마했다. 하지만 다행히 그건 괜한 기우였다.

"허면 넌 내 아들이 되겠군."

헉!

심장박동이 빨라졌다. 아, 아들이라니. 직접 듣고서도 믿기지가 않는다. 그가 이토록 쉽고 간단하게 날 인정해 줄 거라고는 정말 생각하지 못했다.

"이야! 그럼 이제 서로 아버지랑 아들 하는 거야? 리안, 축하해! 완전 좋겠다!"

"축하한다."

얼떨떨한 내게 라키아와 아사가 축하 인사를 건넸다. 멍한 나머지 내가 고맙다는 말도 하지 못하고 있는데, 세이프리드가 돌연 핑거스냅을 튕겼다.

"기념비적인 날이니 그냥 넘어갈 수 없지."

그의 말이 끝나기가 무섭게 또다시 공간이 바뀌었다. 어느새 난 성의 집무실이 아니라 레어의 홀에 와 있었다.

어디선가 음악이 흘렀다. 테이블마다 진수성찬이 차려져 있고, 아름다운 조각상에 형형색색의 진귀한 꽃들이 사방 천지에 가득했다.

그중에서도 나의 눈을 사로잡은 건 도감에서나 보았던 희귀한 몬스터들이 손님들의 시중을 드는 것이었다. 당장이라도 이빨을 드러내며 날뛸 것 같은 그들이 얌전히 음식을 나르고 접시를 치우는 모습이 마치 한 폭의 기묘한 그림 같았다.

파티에 초대된 것은 라키아와 아사만이 아니었다. 가족들은 물론, 차이와 엘을 포함한 성내 식구들, 아신을 비롯한 묘인족 친구들과 조엘 상단의 야킨도 보였고, 심지어 숲의 정령인 실바까지 한 자리를 차지하고 있었다.

정말 꿈은 꿈인 모양이었다. 나와 돈독한 관계에 있는 모든 사람들이 초대된 걸 보면.

이 모든 게 현실이라면 얼마나 좋을까?

세이프리드가 죽음으로써 오늘의 내가 있게 된 것이지만 난 가끔 생각한다. 15년이 아니라 500년 전 과거로 돌아갔

으면 어땠을까 하고.

당시의 그가 날 받아 줄 거란 보장은 어디에도 없지만, 그를 향한 그리움은 간혹 나를 터무니없게 만들었다.

3.

"왜 그런 표정을 짓고 있지?"

나의 우울함을 읽은 듯 그가 내게 물었다. 다정한 그 물음에 난 그를 향해 물끄러미 고개를 들었다.

그래, 꿈이면 뭐 어떤가.

이렇게라도 볼 수 있다면 실컷 봐야지.

그와의 첫 만남은 너무 짧았다. 작은 거 하나라도 놓치고 싶지 않다. 난 마음을 고쳐먹고 세이프리드의 얼굴을 똑바로 응시했다.

"이런, 아들이 아버지를 보고 반하면 곤란한데. 그 반대라면 모를까."

"훗, 원래 농담을 잘하시는 분이셨습니까?"

"글쎄. 그건 나도 잘 모르겠는걸. 나에 대해 궁금한가?"

"네. 당신의 곁에는 누가 있었고, 어떤 친구를 사귀었으며, 특별히 좋아하던 것은 무엇이었지, 궁금한 것이 아주 많습니다."

내 머릿속에 딸려 들어온 그의 기억으로는 그를 알아 가기에 한계가 있었다. 꿈이라도 좋으니 그가 어떤 드래곤이었는지 알고 싶었다.

"음, 뭐부터 이야기를 해야 하나. 먼저 나의 곁에는 나를 따르는 무수한 가디언들이 있었다. 저기 열심히 일하는 그들이 보이지? 물론 저 중에서도 특별한 가디언은 몇 안 되었다."

"부모님은 안 계셨던 겁니까?"

"알에서 깨어났을 땐 나 혼자였다. 드래곤은 보통 죽기 직전에 산란을 하거든. 뒤늦게 종족 번식에 욕심이 생긴다고 해야 하나. 너도 알다시피 양성체인 우리는 홀로 자식을 낳을 수 있다. 난 이곳에서 태어났고, 여긴 내 어머니가 살던 곳이다."

나에게 물려준 이 레어가 그의 어머니도 살았던 곳이란 말인가? 뜻밖의 사실에 난 어쩐지 감개무량했다. 진작 알았더라면 더 좋았을 것을. 내일부터라도 레어를 뒤져 그의 어머니의 흔적을 찾아보리라 난 속으로 다짐했다.

"다음은 친구를 물었던가? 유희를 통해 많은 친구들을 사귀긴 했지만, 내가 드래곤이라는 걸 아는 친구는 딱 하나 있었다."

"그분이 누구입니까?"

"레켄스토. 블랙 드래곤이었다."

에엑?

레켄스토라면 차이의 할아버지가 가디언으로 있었던 블랙 드래곤이다. 놀란 내가 홀 반대편에 있는 차이를 돌아보자 세이프리드가 덧붙였다.

"특이하게 인간을 가디언으로 두었던 친구지. 그 가디언의 후예를 내가 만나게 될 줄이야."

역시나 그는 차이를 한눈에 알아보았다. 이상한 건 내게서 나는 드래곤의 향기에 끌린다던 차이가 그에겐 관심도 없다는 것이었다. 꿈이어서 그런 것일까.

"마지막으로 내가 특별히 좋아했던 건 마법이다. 다른 드래곤들에 비해 유독 마법에 심취했었지. 지금 생각해 보면 그것이 다 너를 만나기 위해서가 아니었나 싶군."

"저를요?"

"그래, 마법에 집착한 대가로 난 너를 얻었다. 너 또한 많은 것을 얻었으면 좋겠군."

제가 무엇을 얻었는지 당신은 상상도 하지 못하실 겁니다.

갑자기 목이 메었다. 꿈에서나마 궁금한 것을 실컷 물어볼 요량이었는데 어째선지 더 갑갑해진 기분이다. 알면 알수록 그에 대한 그리움이 커져만 갔다.

"말수가 원래 없는 편인가?"

"그냥 좀 답답해서요."

이유를 묻는 그의 눈빛에 난 망설이다가 대답했다.

"평생 저는 당신을 꿈에서밖에 보지 못할 테니까요. 처음엔 그것만으로도 좋다고 여겼는데, 역시 사람이란 욕심이 끝도 없는 것 같습니다."

"왜 꿈에서만 날 볼 수 있다고 생각하지?"

"네?"

그게 무슨 소리냐는 듯 내가 되묻자 세이프리드가 빙그레 미소를 지었다.

"네가 마법의 정점에 서는 날이 오면 알게 될 것이다. 드래곤인 난 불가능했지만, 넌 인간이니 가능하겠지."

"그게 무슨⋯⋯?"

"당부하건대 너의 마법을 의심하지 마라. 내가 해 줄 수 있는 말은 여기까지다."

그때와 같았다. 멀쩡하던 세이프리드의 몸이 별안간 흐려지기 시작하더니 내게서 점점 멀어졌다.

"세, 세이프리드!"

소리쳐 불러봤지만 소용없었다. 내 볼을 쓰다듬으며 그가 마지막 인사를 건넸다.

"아기네스의 가호가 있기를⋯⋯."

"아, 안 돼! 세이프리드!"

두 손을 뻗어 그를 붙잡으려 했지만 몸이 말을 안 들었다. 방금 전까지만 해도 잘 움직이던 몸이 팔 한 짝을 드는

것도 쉽지 않았다.

억울하게도 난 사라지는 그를 보며 할 수 있는 게 아무 것도 없었다. 야속한 눈물만이 하염없이 흘러내렸다.

4.

난 정말 서럽게 울었다. 꿈에서 세이프리드를 본 것이 처음이기 때문인지 이대로 깨는 것이 두려웠다. 오늘의 만남을 내가 기억조차 못 할까 봐 겁이 났다.

그때 따뜻한 누군가의 손길이 어깨에 느껴졌다.

'차이.'

느낌으로 알 수 있다. 내 어깨에 닿은 그의 손에는 나에 대한 걱정이 서려 있었다. 서러웠던 감정이 그로 인해 치유가 되는 느낌이었다.

"리안 님?"

눈을 뜨자 환한 빛이 나를 맞았다.

내가 늦잠이라도 잔 걸까?

잠시 그런 착각이 들었지만 다행히 아니었다. 내가 잠든 곳은 침실이 아니라 서재였고, 책상 위에는 읽다 만 책이 여전히 펼쳐진 상태였다.

"괜찮으십니까? 악몽을 꾸신 모양입니다."

"악몽?"

"네, 낮잠을 너무 곤히 주무시길래 일부러 깨우지 않았는데 자꾸 신음 소리를 내셔서……."

"내가 그랬구나."

그러고 보니 이마에 식은땀도 맺혔다. 분명 시작은 행복했었는데. 강렬했던 세이프리드와의 재회를 떠올리며 난 자리에서 일어났다.

"책상에 엎드려서 잤더니 허리가 뻐근하네. 차이, 좀 걷지 않을래?"

"제가 모시겠습니다."

난 성을 나와 차이와 함께 뒷산에 올랐다. 일주일 내내 폭염이 이어지는 날씨였지만 산속 공기는 꽤 상쾌했다.

"꿈을 꿨어."

흙 위에 난 차이의 발자국을 따라 걸으며 내가 말했다.

"세이프리드가 나오는 꿈."

차이가 걸음을 멈추고 돌아봤다. 나를 염려하는 것이다. 묘인국에서의 그날 이후로 내가 세이프리드를 그리워한다는 것을 그는 알고 있었다.

난 일부러 환한 웃음을 지으며 그를 앞질렀다.

"꿈이긴 했지만 나 무척 설렜어. 그를 다시 만날 수 있어서 행복했고."

"한데……."

"왜 울었냐고?"

"우셨습니까?"

"아 참, 운 건 꿈에서지. 이런, 들켰네."

흘깃 쳐다보니 차이의 표정은 벌써 심각해지고 있었다. 난 서둘러 변명했다.

"그냥 살짝 찔끔거린 정도야. 세이프리드가 마지막에 이상한 말을 했거든."

긴 말이 될 것 같아 난 걸음을 멈췄다.

"내가 평생 이렇게 꿈에서만 봐야 하냐고 투정을 부리니까, 왜 그렇게만 생각하느냐고 묻는 거야. 그러면서 마법의 정점에 서게 되면 자연히 알게 될 거라고, 드래곤인 자신은 불가능했지만 난 인간이니 가능할 거라고 했어. 차이, 이게 무슨 뜻일까?"

"다른 말씀은 없으셨습니까?"

"나의 마법을 의심하지 마라. 해 줄 수 있는 건 그 말뿐이다. 그런 후에 떠났어."

꿈이었지만 그 순간은 너무 현실처럼 느껴졌다. 그래선지 잊히지가 않는다. 중요한 단서가 그 안에 숨어 있을 것 같았다.

"전 잘 모르겠습니다. 하지만 마법의 정점에 서면 알게 될 거라고 하셨으니, 언젠가는 그날이 오지 않겠습니까?"

"그럴까?"

"네, 리안 님이라면 꼭 이룰 수 있을 겁니다."

저 말이 차이의 진심이라는 걸 안다. 그러나 난 언젠가부터 자신이 없어졌다.

"내가 잘할 수 있을까?"

"중요한 것을 믿으면 어떻게든 그걸 위해 싸워 나가야 합니다. 노력 없이는 아무것도 할 수 없습니다."

"나도 알아. 근데 만일 이 모든 게 내 그리움이 만들어 낸 환상이면 어쩌지? 그리움이 실체가 되어 나를 홀리고 있는 거라면?"

불안에 떠는 목소리가 나조차 듣기 싫을 정도로 애처로웠다. 그래서일까. 차이가 내 양팔을 붙들고 자신을 보게 했다.

"전에 그러셨지요. 그분은 리안 님의 기억 속에 살고 있다고."

"응."

"그러면 믿으세요. 리안 님이 가져온 그분의 기억이 리안 님을 이끌고 있는 것일 테니까요."

그의 기억이 나를 이끈다?

한 번도 그런 생각은 해 보지 못했다. 오로지 내 머릿속 곳곳에 퍼진 그의 기억들을 찾아 그를 떠올리기에만 급급했다.

맞다. 차이가 옳다.

그리워만 해서는 절대 그를 볼 수 없다. 진짜든 아니든 일단 해 보는 거다. 밑져야 본전이니까.

"고마워, 차이."

"이제 힘이 좀 나십니까?"

"내가 너무 바보 같았지? 미안."

"아닙니다. 그래서 리안 님인걸요."

"응? 그게 무슨 소리야?"

내가 물었지만 차이가 아무것도 아니라는 듯 고개를 저으며 돌아섰다.

"엇! 차이 지금 웃었지?"

차이의 미소는 특별한 날이 아니면 절대 볼 수 없다. 반가움에 내가 달려들자 차이의 걸음이 한순간 빨라졌다. 덩달아 내 걸음도 빨라졌고, 갑자기 우리는 쫓고 쫓기는 추격전을 펼쳤다.

세이, 기다려요.

그를 실제로 마주하게 될 날 부끄럽지 않기 위해서라도 난 정말 열심히 할 생각이었다. 그날이 부디 멀지 않기를 바랄 뿐이다.

『마법군주 외전 모음집 완결』

캐릭터 프로필 &

인터뷰

아드리안 폰 칼리스타

생일: 10월 10일, 천칭자리
나이: 20살
키: 174cm
생김새: 마른 듯 날씬한 체형.
선이 가는 계란형의 얼굴에 검
은 생머리가 어깨에 닿을 정도
(주로 반 묶음을 하고 있다). 검
은 눈동자. 언뜻 보면 여자라고
착각할 만큼 수려한 외모를 가
졌다.

작위: 백작이었으나 얼마 전에 공작으로 승작됨.
특이사항: 용언 마법을 계승한 8서클의 대마법사. 왼쪽 팔목에 대지
의 숨결이라는 아티팩트 팔찌를 차고 있다. 실용적이면서도 심플한
의상을 선호하고, 가족과 주변 사람들을 무척이나 아낀다.

Q. 이상형이 어떻게 되시나요? 그리고 결혼은 언제쯤 하실 건
지?

A. 글쎄요. 이상형은 딱히 없습니다. 제대로 이성을 좋아해 본
적이 없어서요. 결혼은 아직 전 생각이 없는데, 어머니께서 서두
르셔서 어떻게 될지 잘 모르겠습니다.

Q. 공작이 된 현재의 심경이 어떠세요?

A. 많이 얼떨떨합니다. 폐하의 뜻이니 감사히 받겠으나, 제게는 너무 과분한 자리인 것 같아 걱정이 되기도 하고요. 전보다 책임감을 더 느끼고 있습니다.

Q. 쉬는 시간에 하시는 활동이나 취미가 있으신가요?

A. 워낙 바쁘게 지내다 보니 특별한 활동이나 취미는 없습니다. 틈나는 대로 그냥 책을 보는 정도가 다입니다. 시간이 항상 부족하네요.

Q. 따르는 사람이 많은데 본인의 매력 포인트가 무엇이라고 생각하나요?

A. 매력이라고 할 것까지는 없고, 아무래도 제가 이야기를 잘 들어 주는 편이라서 그런 것 같습니다. 여러분들도 다른 사람의 말에 귀를 기울여 보세요. 주변에 친구들이 많이 생길 겁니다.

Q. 화가 나실 때 푸시는 방법으로는 무엇이 있나요? 왠지 그냥 쿠션을 팡팡 치실 듯한 인상이신데, 혹시 마법으로 다 때려 부수지는 않으시죠? 그러고 나서 복구 마법으로 슬쩍 되돌려 놓으신다든가 …….

A. 아하하, 제가 그렇게 과격하지는 않아서요. 그래도 마법으로 푼다는 건 조금 비슷하네요. 기분이 울적할 땐 레어의 수련홀

에서 마법 훈련을 합니다. 마음껏 마법을 난사하다 보면 가슴이
뻥 뚫리는 게 속이 무척 후련해집니다.

Q. 만약 다시 태어난다면 주변 사람들 중 누구로 태어나고 싶
으세요?
A. 꼭 답해야 하는 질문인가요? 그렇다면 차이로 할게요. 차이
의 큰 키가 조금은 부럽거든요. 저도 가끔은 위의 공기가 궁금하
답니다.

Q. 드래곤의 기운 때문에 차이의 수명이 길어진 거잖아요. 리
안은 세이프리드에게서 심장을 받았는데 수명이 어떻게 되나요?
A. 그건 저도 궁금해하는 점입니다. 제가 얼마나 살 수 있을지
여러분들께서 지켜봐 주세요.

Q. 친우 분들에게 자신이 '한스'였다는 것을 먼 훗날에라도 말
씀할 생각이 있으십니까? 있다면 누구에게 가장 먼저 말씀드릴
것 같나요?
A. 어, 이건 고민 좀 하고 답해야겠네요. 현재로선 전혀 생각이
없지만 미래는 모르는 거니까요. 그래도 만약 말을 하게 된다면
라키에게 제일 먼저 말할 것 같습니다. 그래야 녀석이 안 삐칠 거
예요. 워낙 잘 삐쳐서 말이죠.

Q. 만약 리안이 된 것이 전부 꿈이고, 그 꿈에서 깨어난다면?

A. 처음 주인의 몸을 얻었을 때 많이 했던 생각인데요. 아쉽겠지만 빨리 털어 버리려고 노력할 것 같습니다. 한스에게는 한스의 삶이 따로 있으니까요.

Q. 리안으로 살면서 가장 행복했던 순간은 언제인가요?

A. 매 순간이 행복하지만, 가장 행복한 순간을 뽑으라면 영주로서 영지민들에게 무언가를 해 줄 때예요. 그들의 삶이 저로 인해 조금이라도 나아질 때 보람과 행복을 느낍니다.

라키아 디 로드리게즈

생일: 8월 15일, 사자자리

나이: 25살

키: 191cm

생김새: 호리호리한 체형. 짧은 회색 머리에 남청색 눈동자. 뚜렷한 이목구비 탓에 전체적으로 강한 인상을 풍김. 대체로 무심한 표정을 짓고 있지만, 가끔 미소를 지을 때면 마치 어린아이 같다. 한순간에 바뀌는 모습이 오싹할 정도로 매력적인 사나이.

작위: 백작

특이사항: 소드 마스터. 드래곤 기사단의 단장. 5서클 이하의 마법을 무효화할 수 있는 대마법 방어진이 새겨진 마법검을 분신처럼 항상 갖고 다닌다. 여동생인 비앙카를 끔찍하게 아낌. 묘인족인 라문과 쌍벽을 이루는 대식가.

Q. 노래 잘 부르세요?

A. 갑자기 그런 건 왜 묻지? 내가 못하는 게 있을 리가 없잖아!

Q. 아사와 매일 으르렁거리시는데 한번 제대로 싸우고 싶지

않으십니까?

A. 되다 만 고양이 잡을 일 있어? 난 친구에겐 손대지 않아.

Q. 그 말씀 진심이십니까? 제가 알기로…….

A. 시끄러!

Q. 비앙카 양이 어느 날 갑자기 남자를 데려와서 '이 사람과 결혼할 거야'라고 하면 어떡하실 겁니까?

A. 일단 상대를 봐야겠지. 괜찮은 놈이면 한 10년쯤 옆에 두고 지켜보다가 시집보내고, 안 괜찮은 놈이면 치워 버릴 거야. 멀리.

Q. 첫사랑 이야기 해 주세요.

A. 그런 거 없거든. 먹는 거냐?

Q. 가장 자신 있는 신체 부위가 어디입니까? 혹시 그 우월한 다리 길이인가요?

A. 제법 보는 눈이 있군. 하지만 내가 가장 자신 있는 건 내 몸 전체, 특히 이 잔 근육들이다. 웬만한 수련으로는 절대 얻을 수 없는 것이지. 나의 피나는 노력과 열정의 산물이랄까? 진정한 몸짱이란 바로 나를 두고 하는 말이라는 걸 명심하도록.

Q. 그랜드 마스터에 욕심이 있으신가요?

A. 당연히. 내 오랜 목표이자 꿈이다.

Q. 아사와 차이를 뭐라고 생각하나요?

A. 뭐긴 뭐야. 되다 만 고양이랑 후작님이지. 참 쓰잘데기 없는 걸 묻는군.

Q. 검은 배우게 된 계기가 있나요?

A. 우리 가문에선 남자라면 모두가 걸음마를 떼면서부터 검을 든다. 물론 그때는 작고 가벼운 아이용 목검이지. 내가 그 목검을 처음 손에 쥐던 날, 신기하게도 그 목검이 나에게 말을 걸었다. 작지만 아주 또렷했지. 덤벼라, 꼬맹이! 내가 널 아작내 버리겠다!

Q. 그래서요?

A. 그래서는 뭘 그래서야. 홧김에 그냥 확 분질러 버렸지. 아버지께서 그걸 보시더니 내가 검에 소질이 있는 것 같다며 당시 제일 잘나가던 검술 선생을 붙여 주시더군. 그런데 나는 딱히 배운 게 없어. 워낙 처음부터 알아서 잘했거든. 내가 괜히 천재 소리를 듣겠어?

Q. 황제께서 허락하신다면 계속 리안 곁에 있을 생각인가요?

A. 가능한 한 그러고 싶지만, 그 녀석이 워낙 강해져서 말이야. 내 도움이 과연 녀석에게 필요할까?

Q. 라키아에게 리안이란?

A. 비앙카를 줘도 아깝지 않을 유일한 녀석.

아사

종족: 묘인족

생일: 3월 23일, 양자리

나이: 26살

키: 173cm

생김새: 마른 체구. 초콜릿빛 피부에 웨이브 진 풍성한 금발 머리가 무릎까지 내려옴. 크고 가는 호박색 눈동자. 귀여운 인상이지만 전체적으로 화려하고 요염한 분위기가 난다.

특이사항: 묘인국의 둘째 왕자. 자유자재로 인간과 고양이의 모습으로 변신이 가능. 고양이의 모습일 땐 밤에 보면 황금빛 광채가 난다. 권능 사용자. 별명 붙이기가 특기다.

Q. 아사, 아사는 리안이 좋나요, 형이 좋나요?

A. 둘 다! 나는 세상에서 리안이랑 형이 제일 좋아!

Q. 저기 한 분만 골라 주셔야⋯⋯.

A. 응! 형이랑 리안이 난 너무 좋아!

Q. 만약 2년 전 산맥에서 리안을 만나지 못했더라면 어떻게 됐

을까요?

A. 리안에게 치료를 받지 못했을 테니 아마도 홀로 외롭게 죽었겠지? 형이 무척 슬퍼했을 거야. 이렇게 살아 있어서 참 다행이다. 그치?

Q. 라키아에게는 흰머리, 차이에게는 말꼬랑지라는 이상한 별명을 지어서 부르시던데, 본인과 리안에게도 붙인 별명이 있나요?

A. 아니, 지금이라도 지어 볼까? 으음, 리안은 대지의 숨결을 차고 있으니까 금팔찌! 나는 귀여우니까 귀요미 어때? 이상한가?

Q. 머리가 굉장히 기신데, 거치적거린다는 생각은 한 번도 안 하셨나요?

A. 하나도 안 불편해. 오히려 짧으면 더 이상할걸? 이게 우리 털이잖아.

Q. 그림 좋아하세요? 직접 그리기도 하신다면 얼마나 그리세요? 라키아보다 잘 그리나요?

A. 자주 그리지는 않지만 남들만큼은 해. 당연히 흰머리보다는 내가 더 잘 그리고. 그 자식이 그림을 얼마나 못 그리는 줄 알아? 글쎄, 리안을 그렸다면서 트위터(twitter)에 사진을 하나 올렸는데 계란 노른자를 그려 놓은 거 있지. 그거 보고 리안이 상처를 얼마나 받았다고. 암튼 흰머리 그 자식은 안 된다니까.

Q. 터번을 감는 요령이 따로 있나요?

A. 그건 그냥 묘인족이라면 누구나 배우지 않아도 할 수 있어. 궁금하면 내가 터번 하나 줄까? 너도 해 볼래? 말만 해!

Q. 이런 때는 리안이 진짜 무섭다, 하는 때가 있으신가요?

A. 리안도 화나면 정말 무서워. 눈에서 막 황금색 불꽃이 튀기거든. 그치만 그럴 때는 보통 상대가 식인종이거나 그에 관련된 자들이라서 난 걱정할 필요가 없지.

Q. 아사의 이름은 누가 지은 건가요? 굶어 죽는다는 뜻이라던데.

A. 작가가 그러는데 다른 나라 말로 아침이라는 뜻도 있대. 설마 자기가 그런 의미로 지었겠냐고 억울한 표정을 짓고 있어. 내 이름에 대해 꽤 자주 질문을 받고 있나 봐. 그러니 다들 오해하지 마!

Q. 아사 님은 평소 뭘 드시기에 그렇게 귀여우신 겁니까!

A. 헤헤, 나야 타고 났지. 이런 건 노력으로 얻어지는 게 절대 아니거든. 부러워?

Q. 마지막으로 안아 봐도 될까요?

A. 당근이지! 이리와, 내가 안아 줄게!

레지나 폰 칼리스타

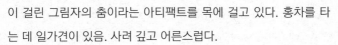

생일: 7월 17일, 게자리

나이: 19살

키: 162cm

생김새: 균형 잡힌 몸매에 작고 예쁜 얼굴. 갈색 머리에 짙푸른 눈동자가 우아하면서도 청초하다.

작위: 로젠바움 제국의 황후

특이사항: 리안의 동생. 은둔 마법이 걸린 그림자의 춤이라는 아티팩트를 목에 걸고 있다. 홍차를 타는 데 일가견이 있음. 사려 깊고 어른스럽다.

Q. 오빠인 리안의 반려로 어떤 성격이 어울린다고 생각하세요?

A. 당연히 개념 있고 이해심 많은 성격이죠. 까칠한 새언니는 불편할 것 같아요. 어머니도 모시고 살아야 할 텐데 착한 분이셨으면 좋겠어요.

Q. 남편인 라테스를 진심으로 사랑하시나요?

A. 그럼요. 그를 본 순간 첫눈에 사랑에 빠졌는걸요. 그가 없는 세상은 이제 제게 아무런 의미가 없답니다. 저는 폐하를 아주 많

이 사랑해요.

Q. 부부 싸움을 한 적이 있나요? 있다면 무슨 이유로 싸우셨나
요?

A. 이건 좀 말하기가 그런데⋯⋯. 자꾸만 시종들이 보는 앞에
서 애정 표현을 진하게 하시길래 제가 뭐라고 했더니 토라지셨더
라고요.

금방 풀어지시긴 했지만 많이 당황스러웠어요. 폐하는 너무
엉큼하세요!

Q. 지금 임신 중이잖아요. 아기 이름은 무엇으로 할 건가요?

A. 남자인지 여자인지 아직 알 수가 없기 때문에 이름은 짓지
못했어요. 대신 태명을 알려 드릴게요. 태명은 다이아몬드, 줄여
서 다이아라고 부르고 있답니다.

목걸이 덕분에 위기를 모면했잖아요. 우리 아이도 세상에 나
올 때까지 잘 견뎌 달라는 의미예요.

Q. 마지막으로 독자들에게 추천하고픈 홍차가 있다면요?

A. 얼 그레이 추천할게요. 얼 그레이는 보통의 홍차에다가 베
르가모트라는 향을 첨가한 건데요. 이 향이 머리를 맑아지게 하
는 효과가 있어요.

홍차를 연하게 추출해서 떫은맛도 거의 없고, 딱히 테크닉도

필요 없기 때문에 초보 분들도 쉽게 끓일 수 있습니다. 가끔은 우유를 섞은 밀크티를 드셔도 좋고요. 설명하려니까 홍차 생각이 나네요. 한잔 드시겠어요?

라테스 크로멜 카터 3세

생일: 5월 19일, 황소자리

나이: 21살

키: 175cm

생김새: 귀를 덮는 짙은 붉
은 머리칼에 강렬한 초록빛
눈동자. 제국의 황제답게 바
르고 온화한 인상을 지녔다.

작위: 로젠바움 제국의 황제

특이사항: 치료 마법이 담긴
신의 은총이라는 아티팩트
반지를 차고 있다. 활동적인
성격으로 무예에 관심과 재능이 높음. 귀족들에게는 냉정하나, 사랑
하는 여인과 시종들에게는 다정다감한 황제다.

Q. 레지나의 홍차 맛이 일품이다! 황제의 자리를 걸고 말씀하
실 수 있으신가요?

A. 백 번이라도 말할 수 있네. 내 아내라서가 아니라 황후의 홍
차 솜씨는 이제 라우리아도 따라잡을 정도지. 그건 모두가 인정
하고 있다네.

Q. 결혼 전 레지나와 연애편지를 주고받았을 때, 그녀는 어떤 여자라 느끼셨나요?

A. 그걸 다 이야기하자면 밤을 새워도 모자랄 것이네. 여러 방면으로 재주가 많던 그녀는 나를 항상 웃게 만들었지. 황후와 소통을 하고 있으면 난 이 나라의 황제가 아니라 한 남자에 불과했네. 그것이 나를 숨 쉬게 했지. 대답이 되었는가?

Q. 만약 황제가 아니었다면 무엇을 하며 지내고 싶은가요?

A. 상인. 그중에서도 먼 곳을 오가는 카라반(caravane)이 되었을 거네. 궁에만 사는 건 꽤 갑갑하거든. 다시 태어난다면 상인이 되어 온 대륙을 여행하는 게 나의 소망일세. 물론 그때도 내 옆에는 황후가 있었으면 좋겠고.

Q. 낳고 싶은 아이의 수는 몇 명인가요?

A. 한 다섯 정도? 일단은 힘닿는 데까지 열심히 낳을 생각이네. 혼자 자라는 건 외로워서 말이야.

Q. 끝으로 사랑하는 아내 레지나의 이름으로 삼행시를 지어 주시겠습니까?

A. 기꺼이! 운을 띄워 주겠나? **레**지나, **지**혜롭고 아름다운 **나**의 황후여. 너무 짧다면 다시 하지. **레**알 그대만을 사랑합니다. **지**구가 멸망한다 해도 오로지 당신만을 사랑할

거예요. **나**를 믿고 따라와 줘서 고마워요. 당신은 내게 큰
축복입니다. 어떤가, 나의 고백이?

차이 반 크라우저

생일: 1월 1일, 염소자리

나이: 192살

키: 195cm

생김새: 200살이 다 되어 가지만 외관은 아직 이십 대다. 조각상처럼 완벽한 얼굴에 차가운 인상의 소유자. 허리까지 내려오는 단정한 잿빛 머리칼을 하나로 묶고 있다(그래서 별명이 말꼬랑지다). 오드아이. 자주색 눈동자는 긴 앞머리가 가리고 있고, 드러난 검은 눈동자는 블랙 드래곤의 각인으로 진실을 볼 수 있다.

작위: 후작

특이사항: 블랙 드래곤 레켄스토를 모시던 가디언 가문의 후손. 그 영향으로 인간임에도 수명이 비약적으로 늘어났다. 마검사. 5서클 마법사에 그랜드 마스터. 검정색 무복을 즐겨 입고, 무기는 다섯 개의 마디로 끊어진 봉. 마디마다 마법진이 그려져 있다.

Q. 오드아이라서 좋은 점이 있습니까? 있다면 저도 한쪽 눈에 컬러 렌즈를 끼고 다니겠습니다!

A. 없다. 남들의 시선이 부담스러울 뿐이지.

Q. 눈 한쪽을 가리고 다니시잖아요. 불편하지는 않으신가요?

A. 주목을 받는 것보다는 이 편이 낫다. 그리고 지금은 익숙해져서 드러내면 오히려 더 어색하다.

Q. 수면기 때 말고는 잠을 전혀 안 주무시나요? 꿈은요? 꾸신다면 어떤 꿈을 꾸시나요?

A. 억지로 청하면 잘 수 있긴 하지만 평소엔 자지 않아도 생활에는 큰 무리가 없다. 꿈은 거의 꾸지 않는다.

Q. 오래 사셨기 때문에 뭐든 잘하실 거 같은데, 요리도 잘하세요?

A. 언젠가 실력을 발휘해 보도록 하지.

Q. 첫사랑이 궁금합니다!

A. 내게는 불필요한 감정이다.

Q. 아사가 항상 말꼬랑지라고 부르는데 싫지 않으세요? 왜 화내지 않으시나요? 기분 나쁘지 않으세요?

A. 그다지.

Q. 리안과 만나기 전까지는 어떻게 살았고, 리안을 처음 만난 느낌은 어땠나요?

A. 리안 님을 만나기 전 나의 삶은 무의미했다. 재미가 없었지. 인간으로서 긴 수명을 살아간다는 건 내게 별로 유쾌하지 못했다. 정든 이를 먼저 떠나보내기란 생각보다 힘들거든. 하지만 이제는 다시 즐거움과 기쁨이 무엇인지 알게 되었다. 리안 님 덕분이지. 리안 님을 처음 뵈던 날, 난 벼락을 맞은 듯한 기분이었다. 살면서 한 번도 느껴 보지 못한 뭔가가 나를 휩쓸고 지나갔지. 난 환희에 빠졌었다. 생각보다 말이 길어졌군.

Q. 리안이 드래곤의 계승자가 아니더라도 따를 건가요?
A. 나에게 더 이상 리안 님의 기운은 중요하지 않다. 리안 님은 이미 내게 주인 이상이다.

Q. 차이에게 리안은 어떤 존재인가요?
A. 내 모든 것.

Q. 뇌 구조를 공개하신다면?
A.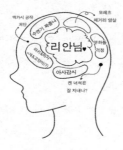

비앙카 디 로드리게즈

생일: 10월 30일, 전갈자리
나이: 17살
키: 165cm
생김새: 하늘색 단발머리에 베이지색 눈동자. 들꽃 같은 소녀.
특이사항: 라키아의 동생. 12살의 어린 나이에 부모님과 오빠가 눈앞에서 죽어 가는 걸 목격했지만, 슬픔을 이겨 내고 밝고 건강하게 자랐다. 가르시아어를 수준

급으로 구사하고, 제빵에 소질이 있음. 지금은 오빠 대신 영지 경영을 공부하느라 매우 바쁘다. 남자를 보는 눈이 상당히 낮음.

Q. 아주 옛날 반역 혐의를 받기 전에도 라키아는 여동생 바보였습니까?

A. 별명이 얼음기사였어요. 남들 앞에서는 절대 웃지 않는 오빠였죠. 하지만 언제나 저만은 활짝 웃으며 두 팔 벌려 안아 주고는 했어요. 이런 걸 보고 여동생 바보라고 하는 건가요?

Q. 반역 혐의가 누명으로 밝혀지기 전까지 어떤 하루를 보내며 살았나요?

A. 으음, 우선 일어나면 마당에 나가 아침 체조를 해요. 하루라도 거르면 트레비스의 입이 이만큼이나 나오기 때문에 귀찮아도 꼭 했죠.

그러고 나서는 씻고 아침을 먹은 뒤 진과 공부를 했어요. 점심이 되면 같이 요리도 하고 그러면서 시간을 보냈죠. 저녁에는 책을 보거나 산책을 했어요. 가르시아어를 배우기도 하고. 바깥 구경을 하고 싶기도 했지만, 저를 알아보는 사람이 있을까 봐 거의 집에서만 보냈어요.

Q. 구체적인 미래 설계를 듣고 싶습니다.

A. 지금은 영지 경영에 대해 배우느라 정신이 없어요. 오빠를 대신해서 할 일이 무척 많거든요. 칼리스타 공작님과 같은 경영인이 되는 게 현재 제 목표예요!

Q. 누구와 가장 친하신가요?

A. 진이요. 제 가정교사였다가 이제는 로드리게즈 백작 가문의 집사님이 되었죠. 진이 없었다면 저는 시골에서의 생활을 견딜 수 없었을 거예요. 그녀는 제게 가족이나 다름없답니다.

Q. 단도직입적으로 묻겠습니다. 리안에게 조금의 관심도 없으십니까? 그러니까 좋아한다는 뭐, 그런……?

A. 관심이야 아주 많죠. 제 스승님이신걸요! 칼리스타 공작님

을 무척 존경하고 좋아해요. 하지만 이성적으로는 잘 모르겠어요. 제가 그런 쪽으로는 워낙 관심이 없어서요. 죄송합니다.

아신

종족: 묘인족

생일: 8월 4일, 사자자리

나이: 35살

키: 185cm

생김새: 다갈색 피부에 허리를 덮는 진한 흑발. 은백색 눈동자. 각진 턱선과 약간 찢어진 눈매가 매력적이다. 신비롭고 아름다운 외모를 지녔지만 냉엄한 인상 탓에 누구도 섣불리 다가가지 못한다.

특이사항: 묘인국 샤하의 후계자. 아사의 형. 동생과 마찬가지로 자유자재로 인간과 고양이의 모습으로 변신이 가능하다. 배가 다른 동생인 아사를 세상 무엇보다 소중히 여긴다. 타고난 지배자이며 권능 사용자.

Q. 샤하가 되면 가장 하고 싶은 것은 무엇인가요?

A. 제일 먼저 원로원의 권위를 축소시킬 생각이다. 지금의 원로원은 늙은이들의 아집과 욕심으로 똘똘 뭉쳐 있다. 그래서는 앞날이 뻔하지. 전부 싹 다 뜯어고쳐 새로운 묘인국을 건설할 것이다.

Q. 처음 아사를 보았을 때 어떤 기분이 들었나요?

A. 너무 작아서 무서운 한편 지켜 주고 싶었다. 녀석의 커다란 눈에 내가 비쳤을 때 이상한 감동 같은 걸 느꼈지. 당시의 기억이 아직도 생생하군.

Q. 동생인 아사가 자신보다 리안을 더 따를 때의 기분이 어떤가요?

A. 흐뭇하다. 좋은 친구를 사귄 것 같아서.

Q. 자신이 아사보다 잘생겼다고 생각하나요? 우리 솔직해져 봐요.

A. 나보다는 녀석이 훨씬 아름답지.

Q. 아사를 저한테 주시면 안 되겠습니까? 행복하게 해 주겠습니다!

A. …….

에나벨

생일: 9월 1일, 처녀자리
나이: 28살
키: 175cm
생김새: 하얀 피부에 가늘고 늘씬한 몸매. 허리까지 내려오는 블루블랙의 생머리와 밝은 갈색 눈동자를 가졌다.
특이사항: 루센 정보 길드의 마스터. 빼어난 미모 탓에 면사로 얼굴을 가리고 다닌다. 그로 인

해 신비의 엘이라는 별칭이 생김. 새벽 3시 이전에는 잠을 안 잘 정도의 완벽주의자. 바람의 벗이라는 아티팩트 발찌를 착용하고 있다. 미남을 혐오하는 시크 도도한 여자.

Q. 에나벨 양은 업무 때문에 잠도 잘 못 주무시는 것 같던데, 그 피부와 몸매는 어떻게 유지하는 건가요?

A. 자는 시간이 길지는 않지만 숙면을 취하려고 노력합니다. 그래야 다음 날 지장이 없거든요. 피부나 몸매는 원래부터 이랬기 때문에, 관리를 위해 신경을 쓰거나 딱히 노력해 본 적은 없습니다.

Q. 에나벨 양이 직접 정보를 수집하실 때에는 어떤 방법을 선호하시나요?

A. 변복을 하거나 면사를 쓰고 주점에 갑니다. 짧은 시간 내에 많은 이야기들을 들을 수 있어 자주 이용하는 방법이죠.

Q. 센을 어떻게 생각하나요? 찝쩍거리는 그를 몇 대 패고 싶지는 않았나요?

A. 몇 대 가지고 되겠어요?

Q. 리안을 좋아하시나요?

A. 무슨 의도로 그런 질문을 하시는 건가요? 남의 사생활에 관심 끄시죠?

Q. 마, 마군에서 제일 인기 있는 여자 캐릭터로 뽑히셨는데 기분이 어떠셨습니까?

A. 황후 마마와 비앙카 아가씨를 제치고 제가 1위라니 좀 의외였어요. 그렇지만 기분이 날아갈 것 같았죠. 앞으로 더욱 성심을 다해 칼리스타 공작님을 보필할 생각입니다. 활약을 지켜봐 주세요!

켄 모로

종족: 조인족
생일: 3월 6일, 물고기자리
나이: 115살
키: 170cm
생김새: 마른 체격. 황갈색
피부에 붉은 눈동자. 하얀
깃털 머리카락이 어깨까지
내려온다. 얼굴 전체에 나비

형상의 타투가 그려져 있고
발이 새의 발 모양이다. 인간으로 치면 소년의 모습.

특이사항 : 독수리 일족의 후계자. 어린 시절 인간이 쏜 화살에 맞
고 죽을 위기에 처한 걸 차이가 구해 준 인연으로 친구가 되었다. 독
수리 일족의 후계자라는 자부심이 지나칠 정도로 강하다. 조인족답
게 시력이 매우 좋으며 노래를 잘한다(그들의 노래에는 치유와 안정
의 힘이 있다). 묘인족처럼 인간과 동물의 모습으로 자유자재 변신
이 가능하고, 순수하지만 질투가 많고 흥분을 잘함. 시쳇말로 초딩
이다.

Q. 날아다니는 기분은 어떤 건가요?
A. 좋아. 아주 시원해. 세상을 다 가진 느낌이라고 하면 이해가

되겠어?

Q. 가끔 세수하고 나서 거울을 볼 때, 얼굴의 나비 문양이 덜 씻긴 때인지 아닌지 구분하기가 어렵지는 않으신가요?

A. 헐, 어떻게 알았지? 너 좀 예리하다. 안 그래도 나 세수할 때마다 너무 빡빡 문질러서 좀 아프거든. 근데 나는 내 문양이 자랑스러워. 나 같은 모양은 흔치 않은 데다 우리 조인국에서 화려함은 곧 강함을 뜻하거든. 네가 봐도 멋지지 않아?

Q. 리안이 웃으면서 받아 주니깐 화풀이를 하시는 거잖아요. 도를 넘는 행동을 해서 리안이 진짜 열 받으면 마법을 난사할지도 모르는데 거기에 대한 두려움은 없나요? 그렇게 되면 차이는 안 말릴 것 같은데…….

A. 흥! 말리지 말라 그래! 내가 두 놈 다 이길 수 있어! 특히 차이 그 배신자는 내가 두고두고 응징할 거야! 리안인지 뭔지도 가만두지 않을 거고! 감히 대 독수리 일족의 후계자를 무시해? 복수할 테다!

Q. 라키아가 되다 만 새라고 불렀을 때의 기분은 어땠나요?

A. 그걸 몰라서 물어? 내가 위의 두 녀석 다음으로 짜증나는 게 바로 그 자식이랑 정신 나간 묘인족이거든! 차이는 왜 그런 이상한 것들하고만 어울리는 거지? 너무 오래 살았나? 그래서 맛이 간

건가?

　Q. 그렇게 말씀하시지만 그래도 차이를 많이 좋아하시죠?

　A. 새로 사귄 인간 때문에 백년지기 친구도 나 몰라라 하는 그런 놈을 내가 왜? 나중에 미안하다고 사과했단 봐라. 내가 절대 안 봐준다! 나 한다면 하는 조인족이야!

세이프리드

종족: 골드 드래곤
생일: 2월 19일, 물병자리
나이: 미상이나 8,000살 이
상일 거라 추정.
생김새: 마법으로 어떤 모습
으로든 변형이 가능하기 때
문에 외형을 논하기가 어렵
다. 단, 인간형으로 변신 시
하얀 피부에 금발과 금안을
선호한다. 드래곤답게 무엇

으로 변하든 화려하고 아름다운 것이 특징.
특이사항: 골드 일족의 마지막 수장이자 대륙 최후의 드래곤. 리안
에게 용언 마법을 계승한 장본인. 타고난 재능과 갈고닦은 노력으로
드래곤 중에서도 월등한 마법 실력을 보유했다.
모든 면에서 논리적이고 실험적이며 조용하고 부드러운 성품을 지
녔다.

Q. 리안처럼 착한 사람이 아니었을 경우, 계승자에게 내려지
는 벌이나 조치 같은 건 없었나요?
A. 딱히 그러한 것은 없었다. 어차피 발전이 없다면 거기서 끝

날 테니까.

Q. 레어를 보니 체계적으로 정리가 잘되어 있는 거 같은데, 원래 정리하는 걸 좋아하시나요?

A. 내가 지낼 때는 어머니께 물려받은 형태 그대로 살아왔다. 지금의 레어는 계승자를 위해 내가 다시 꾸민 것이다.

Q. 가장 기억에 남는 유희 하나를 뽑자면 무엇이 있을까요?

A. 먼 옛날 인간 세상에 마법이 만연하던 시절, 마법사로 분해 한 인간을 도와 제국을 건설하였다.

그것이 지금의 로젠바움 제국이지. 인간에 대해 다시 생각하 게 된 계기가 그때였다. 언젠가 기회가 되면 좀 더 자세히 이야기를 해 보도록 하지.

Q. 마법을 걸며 수명이 줄어들 때 죽음이 두렵다 든가, 혹은 죽는 순간이 외롭다든가 하는 생각은 들지 않았나요?

A. 두렵지는 않았지만 조금 외롭기는 하더군. 혼자서 살아가는 것과 죽음을 홀로 맞이한다는 건 그 느낌이 사뭇 다르다. 그것을 내가 진즉에 알았다면 아마 일족의 멸종을 막을 수 있었을지도.

Q. 지금까지 한 일 중에서 가장 뿌듯한 것은 무엇입니까?

A. 나의 마법을 계승자에게 물려준 것. 덕분에 좋은 아들을 얻

었다.

인터뷰 질문에 도움 주신 렌공카 분들에게 감사드립니다.

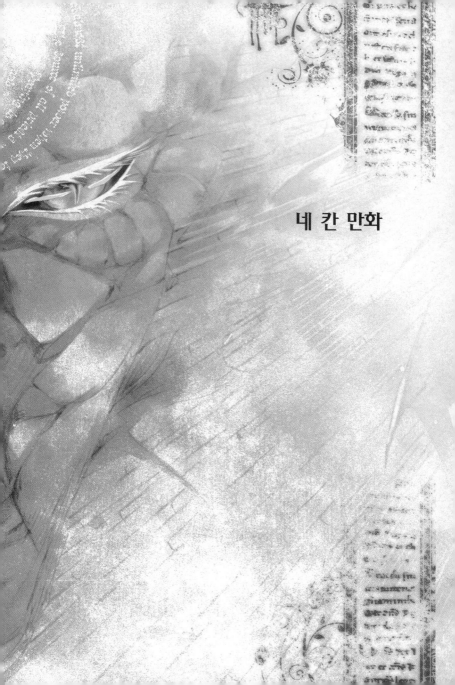

네 칸 만화

아신의 비밀   ## 눈을 보고 말해

금안의 힘

엄청
어둡네…….

나야
인족이니 그럭저럭
잘 보이지만,

리안은…….

리안!
발밑 조시…….

응?

으아아아
눈부셔!

켄의 걱정

…….

내가
이걸 말해도
괜찮을까?
안 그래도 그 인간
때문에 신경이
바짝바짝 서 있던데,
짜증 내면 어쩌지?
……아니야, 그래,
친구니까 말할 수 있는
거지, 이런 건.

……차이.

너,
이 닦았냐?

심각

수면기 동안 다물고 있었으니…….

하디의 브로치

주인님을 위해 하디가 브로치를 만들었어요!

Hardy

호오……

의외로 이런 재주도 가지고 있군.

근데 이 깃털, 어디선가 본 듯한……

자주색 파리.

어디 갔냐.

PIZCU

Adrian & Lakia

Asin & Asa

Chai & Hardy

Hans